나는
중국 고등학교
교사다

한국인 선생님의 찐 중국 로컬 학교 이야기

이영신 지음

미래의 글로벌 리더들에게

21세기 새로운 패러다임으로 요구되는 리더십은 타인에게 긍정적 영향력을 미치는 서번트의 정신입니다. 매 학기 많은 학생과 만나지만, 그중에서 뚜렷한 비전을 가지고 끊임없는 소통과 배려로 자신의 꿈을 향해 전진하는 한 학생을 만났습니다. 꾸준한 독서로 인문학적 역량과 창의적 지성, 다양한 지구촌 이슈에 관심을 가지는 글로벌 역량 등 이미 4차 산업혁명 시대가 요구하는 인재의 강점을 두루 갖추고 있었습니다.

그러한 진정성 있는 삶의 태도는 '총장상 수상과 조기졸업'이라는 의미 있는 결실을 맺었습니다. 어느 이른 여름날, 교수님과 함께 한 1학년 수업에서 품었던 총장상 수상과 조기 졸업이라는 '꿈의 목록'을 실현하는 날이라며 환하게 웃던 그 모습을 평생 잊을 수 없을 것입니다. 하나의 꿈을 위해 오랜 시간을 촘촘히 메워왔을 저자의 노력과 열정이 진정성 있게 전해져 왔습니다. 꿈은 누구나 꾸지만 이를 현실로 만드는 힘, 그 힘이 저자의 삶 속에는 묻어 있습니다.

대학을 졸업한 후 저자는 국제 아나운서로 끊임없이 글로벌 리더로 성장해 나아갔습니다. 그러던 어느 날 그동안 쌓아온 지위와 연봉을 다 내려놓고 학문에 대한 열정으로 홀연히 중국 유학을 떠났습니다. 이렇듯 저자는 코로나 팬데믹 위기 속에서도 현재에 머무르지 않고 자신의 잠재 능력을 최대화해 늘 새로운 것에 도전했습니다.

그리고 그 배움의 열정을 사람들과 나누고자 이 책을 집필했습니다. 어떤 상황에서도 자신이 감내해야 할 삶의 무게를 굳건히 지켜내는 올곧은 인성과 역량을 갖춘 사람, 그렇기에 이 책에 담겨 있을 작은 쉼표나 행간조차도 과장이나 허세 없이 얼마나 공을 들였을지 충분히 짐작할 수 있습니다.

이 책을 선택하는 독자들에게 무엇보다 저자 '이영신'이라는 사람의 올곧은 질감이 잘 전달되길 기대합니다. 사람은 누구의 손을 잡느냐에 따라 인생이 달라진다고 합니다. 글로벌 역량을 갖춘 리더로 성장하고자 하는 사람들에게 저자의 경험치가 긍정적 도전의 울림이 되고 의미 있는 행보의 마중물이 되기를 진심으로 희원합니다.

숙명여자대학교 교수 김경아

중국 3선 도시에서의 생생한 경험

<나는 중국 고등학교 교사다>는 오랜만에 만난 중국 유학과 중국 취업에 대한 책이라는 점에서 이영신 저자의 노고에 먼저 감사를 드리고 싶다.

이 책을 읽다 보면 무엇보다 저간에 흐르는 작가님의 중국에 대한 애정이 느껴지며, 중국에서 학업이나 취업을 경험해 봤던 독자들은 그 시절 인연들을 떠올리며 기분 좋은 공감도 덤으로 얻을 수 있을 것이다.

책을 읽으며 '독자들에게 줄 수 있는 이 책의 제일 큰 미덕은 중국 3선 도시에서의 생생한 경험들이 아닐까' 하는 생각을 해봤다.

기존의 서적들은 대부분 1선 대도시나 2선 도시 중에서도 한국인들이 많이 거주하는 지역에서의 경험을 주로 다루고 이외 지역은 스쳐가는 경험담 정도지만, 이 책은 알기 어려운 3선 도시의 생활상이 살아 있다는 점에서 무엇보다 소중한 가치를 지니고 있다.

그동안 중국을 오가며 3선 도시를 들렀을 때 느낄 수 있었던 멋진 가능성들을 이 책을 통해 느낄 수 있다면 몇 년간의 중국 생활을 통해서야 얻을 수 있는 통찰을 단번에 가질 수 있을 것이다.

그 외에도 중국 교육 현실에 대한 냉철하면서도 정확한 분석은 우리가 객관적인 판단의 근거로 삼기에 부족함이 전혀 없어, 중국 유학과 한국어교원 취업에 대한 지침서로 삼을만한 최적의 양서라고 자신 있게 이 책을 추천한다.

발해유학원 원장 **김훈희**

두려움이 설렘이 되는 순간

우리가 계획을 세울 때 걱정과 두려움이 생기는 것은 잘 모르기 때문이다. 경험해 보지 못한 미지의 세계를 접할 때 설렘보다 두려움이 앞서곤 한다. 하지만 조금의 유익한 정보를 알게 되는 순간, 두려움은 사라지고, 설렘이 배가 되고, 뭐든 할 수 있을 것 같은 용기가 생긴다.

중국어 교사로서 이 책을 매우 흥미롭게 읽었다. 중국에서 한국어를 가르치는 교사의 학교생활을 간접적으로 경험할 수 있다는 점이 좋았다. 한국의 다양한 문화 콘텐츠가 세계의 주목을 받으면서 한국어에 대한 수요도 늘어나고 있지만 중화사상이 있는 중국에서 한국어 수업의 영향력은 얼마나 될지, 가르치는 데 어려움은 없을지 궁금했는데 이 책이 궁금증을 해소할 수 있는 좋은 매개체가 되었다.

현지에서 직접 겪은 교직생활을 바탕으로 중국 학교의 문화도 소개하고 있어 중국 유학을 희망하지만 현지 학교에 관한 정보가 없어 걱정이 많은 학생, 중국 학교의 한국어교원을 꿈꾸는 많은 예비 선생님에게 도움이 된다. 학생과 선생님을 위한 유용한 꿀팁도 들어있으니 참고하면 좋을 것이다. '중국에도 다양한 스펙트럼의 여러 빛깔의 세상이 있다는 것을 소개하고 싶었다'는 작가님의 말처럼 이 책을 읽는 모두가 다양한 세상을 경험하고 도전할 용기를 얻게 되리라 믿어 의심치 않는다.

번동중학교 중국어 교사 **서재희**

这是一本拿起便不愿放下的实用类书籍。

基于异国三线城市的生活体验，李老师以敏锐的感知度、特别的视角、细腻且风趣的笔触记录了中国高考大省——河南省内一所普通高中国际班学生的学习现状，通过生活中一个个充满温情的故事片段，将中韩两国中学生学习生活进行对比，展示了中国高中的学校制度和中学生在校文化风采。许昌高级中学是中国众多高中的一个缩影，因此本书关涉的内容对那些有意愿来中国教学的韩国老师，以及对中国高中生活感兴趣的学生们来说，在某种意义上是入门指导。

或许缘分使然，我们得以相遇，在彼此生活中留下印记。这是一位充满正能量，有着强执行力，始终保持前行姿态的作者，在她的书中我真切感受到李老师对中国的特殊感情，在异国他乡生活的勇气令我折服。作为一名中学教师，我意识到打好学生"中国底色"的同时，也应当注意培养学生的国际视野。学生的发展，短期看成绩，长期看格局。让学生了解不同国家的背景文化，能够在无形中提升他们的认知思维和眼界，助力未来发展。

我相信这本书也可以带给你力量！

중국 고등학교 입문지도서

이 책은 한 번 손에 쥐면 놓을 수 없는 실용적인 책이다.

타국의 3선 도시에서의 생활 경험을 기반으로 이영신 선생님은 민감한 감수성, 특별한 시각, 섬세하고 위트 있는 필체로 중국 대학수학능력시험의 대성(大省)인 허난성 내의 한 일반 고등학교 국제반 학생들의 학습현황을 기록하고 있다. 또한 생활 속의 따뜻한 정이 담긴 스토리텔링을 통해 한중 양국 고등학생의 학습생활을 비교하며 중국 고등학교의 학교제도와 학생 문화를 보여준다. 쉬창고등학교는 많은 중국 고등학교의 축소판인 만큼, 이 책이 다루는 내용은 중국에서의 교학을 꿈꾸는 한국인 교사나 중국 고교 생활에 관심이 있는 학생들에게는 일종의 입문지도서라고 할 수 있다.

어쩌면 인연이었기에 우리의 만남은 서로의 삶에 흔적을 남길 수 있었던 것일지도 모르겠다. 긍정적인 에너지, 강한 실행력, 시종일관 전진하는 자세를 지닌 저자, 이 책에서 나는 중국에 대한 이영신 선생님의 특별한 감정을 실감했고 타향에서 살아가는 용기에 감탄했다. 중국 고등학교의 중국인 교사인 나는 우리 학생들에게 '중국을 바탕'으로 국제적인 시야를 증진하는데 주의를 기울여야 함을 깨달았다. 학생의 성장은 단기적으로는 성적에 있지만, 장기적으로는 구도(格局)에 있다. 우리 학생들에게도 서로 다른 나라의 배경문화를 전달함으로써 그들의 인지적 사고와 시야를 높인다면 미래의 발전에 도움이 될 것이다.

나는 이 책이 당신에게도 역량을 제공할 수 있을 것이라 믿는다!

중국 허난성 쉬창고등학교 교사 **쉬휘휘**(許慧慧)

我与作者结识在大学校园，一同作为复旦大学新闻学院的研究生共度了3年时光。期间，作者坚定求学的态度给我留下深刻印象。毕业后，当得知作者选择赶赴河南省许昌市的高中教书时，我曾感到讶异非常，因为这对外国留学生而言并不是一条轻松的道路。深入中国地方，往往意味着独自一人在不熟悉的环境中摸索，更毋宁说还要参与节奏紧张的基层教育。

如今，拿到这本书稿，我意识到作者不仅成功走入了中国地方高中，而且还在当地积累了丰富的实战教学经验。她用笔下的故事，为韩国读者介绍了中国中学教育发展的真实面貌，并为来华的外籍教师和留学生提供了许多宝贵建议。如此意志力、洞察力和总结力，令人敬佩。作为一本中国中学教学经验实录，这本书既有对中国教育制度的客观描述，也处处闪耀着细腻动人的光辉。

读罢我有三点感受：首先，干货满满。本书就介绍了中国高中的考试制度，包括中国各地高考的试卷类型和中国大学的录取制度。同时，作者还敏锐观察到，中国各省由于经济水平和人口数量差异，教育资源和重点大学升学率等也呈现地域差别。这些经验无疑是研究中国教育制度宝贵的一手资料。此外，每章末尾还为来华韩国教师和留学生提供了小贴士，详细介绍了来中国生活、工作、留学的注意事项及必做的准备工作，是非常准确、实用的建议。

其次，情怀生动。作者记录了和学生互动的过程，细致的描写让人立刻感受到中国课堂的氛围和中国学生的青春面貌。

作者从她上的第一堂课写起，记录了与自己的中国学生从陌生、疏离到熟识、交心的过程。其间，还详细描写了中国学生体能训练和军训、中国高中生日常生活、中国高中校服等内容，充满趣味和。是了解中国高中生真实生活的宝典。

其三，国际视野。作者在书中不止一次提到，在许昌，由于韩国人不多，当地学生对韩国的真实情况不甚了了。她在学生们面前就像一位"韩国国家代表"，承担着介绍韩国、让学生了解韩国的任务。通过书中描写，我们知道她出色完成这一使命，帮助许多中国学生了解韩国。同样，这本书现在也将作为文化交流的使者，走进韩国，帮助韩国师生了解中国高中的真实情况。这本书着眼于推动中韩交流，具有跨文化传播的意义。

可以说，这本书既是一本经验谈，也是一本风物志，更是中韩友谊的见证书。未来，中韩民间友好往来离不开像作者一样的国际人士。希望通过这本书的介绍，有越来越多韩国教师了解中国教育事业的发展变化，也期盼有越来越多韩国学生走近真实、可爱的中国。

한중 우호의 증거

저는 대학 캠퍼스에서 저자를 만났고 푸단대학교 신문학과에서 대학원생으로 3년을 함께 보냈습니다. 이 기간 동안 저자의 확고한 연구 태도는 저에게 깊은 인상을 남겼습니다. 졸업 후 저자가 허난성 쉬창시에 있는 한 고등학교의 교사가 되었다는 사실을 알았을 때 저는 매우 놀랐습니다. 외국인 유학생에게 결코 쉬운 길이 아니기 때문입니다. 중국 깊숙이 들어간다는 것은, 때로는 낯선 환경에서 홀로 길을 모색해야 함은 물론이고 더욱이 격렬한 기층(基層) 교육에 참여해야 함을 의미합니다.

저는 이 책의 원고를 받고 저자가 중국 지방 고등학교에 성공적으로 진입했을 뿐만 아니라 현지에서 풍부한 실전 교육 경험을 축적했다는 것을 깨달았습니다. 저자는 자신의 이야기를 통해 한국 독자들에게 중국 고등학교 교육 발전을 위한 실제적 면모를 소개하고, 중국의 한국인 교사와 유학생들에게 많은 귀중한 조언을 제공했습니다. 저자의 의지력과 통찰력, 종합력은 감탄할 만합니다. 중국 고등학교 교직 경험을 기록한 이 책은 중국의 교육제도를 객관적으로 설명할 뿐만 아니라 곳곳마다 섬세하고 감동적인 색채가 짙습니다. 읽고 나니 세 가지 느낌이 듭니다.

첫째, 실용정보가 가득합니다. 이 책은 중국 고등학교의 시험 제도 및 중국 각지의 대학수학능력시험의 종류 및 출제 유형, 중국 대학의 입학 제도를 소개합니다. 동시에 저자는 날카로운 관찰력으로 중국 성(省)별로 경제 수준과 인구수 차이에서 오는 교육 자원과 주요 대학 진학률 등이 지역별로 다르다는 점도 예의주시하고 있습니다. 이런 경험은 중국 교육제도 연구에도 귀중한 자료가 될 수 있습니다. 또한 각 챕터의 끝에는 중국에서의 한국인 교사를 꿈꾸는 예비 교사들과 유학생을 위한 꿀팁, 중국에서의 생활, 취업, 유학을 위한 주의사항과 준비사항 등을 상세하게 제시하고 있어 매우 정확하고 실용적인 조언을 제공합니다.

둘째, 감정이 생생합니다. 저자는 학생들과의 상호작용 과정을 섬세하게 묘사하여 중국 교실의 분위기와 중국인 학생들의 풋풋한 모습을 단번에 느끼게 합니다. 중국 학생들과의 낯선 첫 수업에서 출발하여 그들과 친숙해지며 우정을 쌓고 마음을 나누는 과정을 담았습니다. 중국 학생들의 체력 단련과 군사훈련, 일상, 교복 등 재미있는 내용도 담겨있습니다. 중국 고등학생들의 실생활을 이해할 수 있는 보물 같은 책입니다.

셋째, 국제적 관점이 있습니다. 저자는 쉬창에 한국인이 많지 않기 때문에 현지 학생들이 한국의 실제 상황을 잘 모른다고 책에서 여러 번 언급합니다. 저자는 중국 학생들에게 마치 '대한민국 국가 대표'처럼 한국을 소개하고 알리는 역할을 했습니다. 책을 통해 우리는 저자가 이 사명을 훌륭하게 수행했으며 많은 중국 학생이 한국을 이해하도록 도왔다는 사실을 알 수 있습니다. 또한 문화교류의 메신저로 한국에서 중국 고등학교의 상황을 한국 교사와 학생들이 이해하는 데 도움을 줄 것입니다. 이 책은 한중교류 촉진에 초점을 맞추고 있으며, 문화 소통의 의의를 지니고 있습니다.

이 책은 저자의 경험담이자 풍물지(风物志, 지역 풍토와 사람 사이의 정을 나타낸 서적)이고, 나아가서는 한중 우호의 증거서라고 할 수 있습니다. 앞으로 한중 민간우호 왕래는 저자와 같은 국제인사를 빼놓을 수 없습니다. 이 책을 통해 더 많은 한국인 교사들이 중국 교육의 발전과 변화를 이해하고, 더 많은 한국 학생들이 현실적이고 사랑스러운 중국에 다가가기를 기대합니다.

중국 인민일보 기자 **임자한**(林子涵)

진정한 중국을 알고 싶다면

"우리가 접하는 포장지에 잘 싸여진 중국이 아닌, 진정한 현장 경험을 할 수 있는 책!"

한국에서 중국을 접할 수 있는 방법은 두 가지가 있습니다. 하나는 중국에 있는 지인을 통해 듣는 소식, 나머지 하나는 미디어를 통해 접하는 방식. 다만 제 생각에 어느 방법이든 (좋은 쪽이든 나쁜 쪽이든) 진정한 중국을 알기에는 부족하다고 생각합니다.

일반적으로 재중 한인은 베이징, 상하이, 광저우 같은 대도시에 거주하고 있습니다. 그리고 책 본문에서 언급한 후커우 등으로 인해, 소수의 대도시와 대다수의 지방 도시는 여러 방면에서 많은 차이를 보이죠. 대도시에 살면서 "중국은 이렇다더라."라고 하는 것이 정확한 정보라고 하기에는 부족한 이유입니다.

그리고 사드 사건에서 최근 코로나19까지 반중 정서가 심한 현재, 한국 미디어에서 전하는 중국은 대부분 부정적인 내용이 많습니다. 저는 중국 로컬 학교에서 유학하며 학창 시절을 보냈고, 한국 근무를 거쳐 현재는 상하이에서 근무하고 있습니다. 한국에 있는 지인이 종종 연락해서 "뉴스 보니까 이렇다던데 괜찮아? 생명에 지장은 없어?"라고 농담 섞어 묻곤 하죠. 미디어에서 전하는 내용들이 사실이 아니라고 할 수는 없지만, 그 정도까지는 아닌데……. 대부분은 과장이 섞여 있다고 생각합니다.

그렇기에 여러분이 그동안 잘 접할 수 없었던 새로운, 그리고 진정한 중국을 알고 싶다면 이 책을 꼭 읽어보는 것을 추천드립니다. 작가가 맨땅에 헤딩으로 외국인이 거의 없는 '진정한' 중국 로컬에 들어가 현장 일선에서 전하는 생생한 정보가 들어 있기 때문이죠. 책장을 넘기면 넘길수록 그동안 중국을 감싸고 있던 선입견의 포장지가 같이 벗겨지는 경험을 할 수 있을 겁니다.

중국 로컬 중·고등학교 한국인 졸업생 **유헌상**

중국은 내 운명

15살, 내 생애 첫 해외여행지는 중국이었다. 그때만 해도 해외여행이 흔한 시절은 아니었다. 한국을 벗어나 보면 더 넓은 세상이 있다고, 견문을 넓혀보라는 엄마의 적극적인 권유가 있었기에 가능했다. 넉넉지 못한 집안 환경임에도 엄마의 결단은 확고했다. 유난히도 추웠던 겨울, 중국에 머물고 있었던 이모의 초청으로 베이징행 비행기에 몸을 실었다. 그때가 중학교 마지막 겨울방학이었다.

중국에 대한 첫인상은 그리 썩 좋지 않았다. 1990년대 후반의 베이징은 생각보다 많이 후졌었다. 우리나라보다 30년쯤은 뒤처진 것 같이 느껴졌다. 수돗물을 컵에 담아 놓으면 석회가 뿌옇게 가라앉았다. 그 물로 씻고 나면 얼굴이 쩍쩍 갈라지고, 머리카락이 뻐덕뻐덕해졌다. 그 흔한 '니하오'도 모르고 갔으니 의사소통은 당연 1도 통하지 않았다. 음식도 도통 입에 맞지 않아 쫄쫄 굶는 나를 보며 이모는 폭풍 잔소리를 하셨더랬다.

그러나 엄마의 바람대로 나는 거대한 지구촌에 눈을 뜨게 되었다. 세상이 얼마나 넓은지 알게 되었고, 나와 다른 다양한 사람들의 삶 속에 침투하여 온몸으로 배운 색다른 경험이 특별한 내 인생을 만드는 첫걸음이 되었다. 이후 대학 전공도 망설임 없이 중어중문학을 선택했다. 첫 직장도, 대학원도 모두 중국에서였다. 언제나 내 마음속 원픽은 중국이었다. 어느새 중국은 제2의 고향처럼 되어버렸다.

어느 때는 불편하기만 한 지긋지긋한 중국을 떠나겠다고 다짐했다. 그러고는 정말 미국으로 떠났다. 많은 사람들이 '꿈의 땅'이라 부르는 선진화된 미국에 살면서도 자꾸 중국이 생각나는 건 또 뭐람. 마치 첫사랑을 잊지 못하는 사람처럼 '처음'을 쓸어가 버린 중국에서의 경험은 나의 마음속에 강렬한 기억으로 오랫동안 자리 잡았다. 사춘기 소녀 10대, 욕심과 야망으로 치열했던 20대, 힐링의 도피처가 필요했던 30대, 내 인생의 시절 시절이 중국 곳곳에 흩뿌려져 있었다.

15살의 한국 소녀가 중국 학생들을 가르치는 한국어 선생님이 되기까지, 오랜 시간 내 마음속엔 중국에 대한 사랑이 있었다. 이 사랑은 나를 미국으로 데려다 놓아도, 한국으로 데려다 놓아도 결국은 돌고 돌아 다시 중국으로 돌아오게 이끄는 강력한 자석과도 같았다. 나도 어쩌지 못하는 내 운명이랄까. 엄마도 이모도 예상하지 못했을 것이다. 견문을 넓히라 했더니 사랑에 빠져 버리다니. 어쩌면 한 번의 우연으로 시작된 인연이 예정된 '운명'이었는지도 모르겠다. 피할 수 없는 내 운명의 궤적.

　운명은 코로나 상황에서도 기어이 나를 다시 한번 중국 허난성 '쉬창'이라는 도시로 이끌었다. 평소 모험을 즐기는 나에게도 낯선 도시로의 이동은 강력한 도전이 아닐 수 없었다. 도착지와 중국 로컬 학교에 대한 아무런 정보 없이 '사랑'만으로 무작정 떠난 나는 현실적인 문제에 맞닥뜨려 해결해 나가야 했다. 폐쇄적인 로컬 학교 공간에서 일어나는 일들이 낯설어 적응하기 꽤나 힘이 들기도 했다. 그러나 직접 부딪히고 넘어지며 길을 닦다 보니 어느새 초석을 얹을 수 있는 노하우가 쌓였다. 중국 학생들과의 좌충우돌 학교생활을 위주로 한국어교원 현실 등의 기록을 도움이 필요한 누군가와 향유하고 싶은 마음에 꾹꾹 눌러 담았다. 이 책은 단순히 한국과 비교해 '좋다, 나쁘다'의 흑백논리를 설명하려는 것이 결코 아니다. 그저 중국에도 다양한 스펙트럼의 여러 빛깔의 세상이 있다는 것을 소개해 주고 싶다.

　막연한 걱정으로 중국 유학을 고민하는 이들에게, 중국 학교의 한국어교원을 꿈꾸는 많은 예비 선생님들에게, 중국 로컬 학교의 A부터 Z까지를 이해하는데 길잡이가 되었으면 한다.

목 차

중국 학교
적응기

1장

01

삼국지 조조의
도시에서 비장한
첫 수업!

한국인으로서
나는 어떤 선생님이어야 할까.
대한민국 국가 대표가 된 것처럼
비장한 마음이 들기 시작했다.

허난성(河南省) 쉬창(許昌)에 있는 삼국지 관련 유적지 조승상부(曹丞相府) 내에 있
는 조조(曹操) 석상

"야호~~라오스 하오! (老师 好!, 선생님 안녕하세요!)"

학생들이 일제히 일어나 박수를 치며 환호하기 시작한다. 중국 공립 고등학교로 부임하고 첫 수업 날이다!

한국 중, 고등학교에서는 받아보지 못했던 이 낯 뜨거운 폭발적인 반응에 꽤나 당황스럽다. '새로 온 선생님이 이렇게 반가울 일?' 겉으로 티 내지는 않았지만 어느새 내 광대는 춤을 추고 있었다. '인기 많은 걸그룹도 부럽지 않은걸?'

나는 서둘러 강단으로 향했다. 정적이 흐른다. 또각또각. 오늘따라 내 구두 소리가 유난히 크다. 학생들은 숨죽여 나의 발걸음을 주목한다. 그들의 시선으로 옆통수가 따가울 지경이다. 학생들과 처음 마주하는 시간. 강단에 단차가 있어 뒤에 앉은 학생들까지 속속들이 잘 보였다. 초롱초롱한 눈빛 레이저를 쏘고 있는 학생들. 숨이 턱턱 막혔다. 후우~ 호흡을 가다듬고 천천히 나의 소개를 시작해갔다.

"따쟈하오!(大家好!) 여러분, 안녕하세요. 저는 이번 학기부터 여러분의 한국어 수업을 맡게 된 '한국에서 온' 이영신입니다. 반가워, 얘들아!"

한국어로 나를 소개했다. 나는 한국어 교과 담당 선생님이기 때문이다. 멋진 서울말로 한국에 대한 좋은 첫인상을 주고 싶었다. 해외에 있다 보면 왜 저절로 애국자 모드가 되는 걸까.

키득키득, 웅성웅성.

"타 슈어 션머? (她说什么?, 저 선생님 뭐라는 거야?)"

"팅부동! (听不懂, 못 알아듣겠어요!)"

너도나도 중국어를 쏟아낸다. 혹여나 내가 중국어를 못 알아들을까 자신들이 이해하지 못했음을 제스처로도 전달한다. 예견했던 반응이다. 나는 중국어로 똑같이 한 번 더 소개했다. 그제서야 "한국에서 왔다"라는 말에 다시 한번 뜨거운 환호성이 터져 나왔다. 호기심 그득한 학생들의 눈동자. 내가 수업하는 1년 동안 목격한 가장 반짝이는 날이었다.

외국인이 적은 허난성(河南省) 쉬창(许昌)

그도 그럴 것이 내가 부임한 학교는 허난성(河南省, 하남성) 남부에 위치한 쉬창(许昌, 허창)이라는 도시이다. 허난성은 중국 중부에 있고, 중심 도시는 정저우(郑州)이다. 다시 말하면 허난성의 중심도시이자 가장 큰 도시는 정저우이다. 내가 있는 쉬창은 정저우에서 고속 열차로 20여 분, 버스로는 1시간 걸리는, 중국에서 중간 규모에 속하는 도시이다. 인구수도 430만 명 정도로 적지 않다.

하지만 내가 경험한 쉬창은 시골 느낌이 더 강하다. 가끔 한국에서 안부를 물어오는 가족, 친구들에게 쉬창을 설명할 때면 참으로 곤혹스러웠다. "시장? 시창? 그래서 그게 어딘데!" 친절히 알려줘도 다음번에 또 똑같이 물어본다. 베이징, 상하이만큼 익숙하지도 귀에 꽂히지도 않는 지명이다. 그만큼 한국인에게 잘 알려지지 않았다. 그러나 평소 삼국지를 읽어봤거나 삼국지 게임을 즐겨 한 사람이라면 알수도 있는 지명이다. 쉬창은 한나라의 마지막 수도로 삼국지 조조의 흔적이 짙은 곳이기 때문이다. 역사가 깊고, 그와 관련된 유적도 많다.

지금까지 나의 중국 생활은 여행을 제외하고는 한국인이 대거 포진해 있는 대도시에서만 이루어졌었다. 현재 중국에서 일선(一线)도시라고 불리는 베이징, 상하이 등에는 외국인이 적게는 20만 명, 많게는 100만 명이 거주하고 있다. 길거리를 걷다 보면 외국인쯤은 쉽게 마주칠 수 있다. 특히 시진핑 주석 집권 이후 일대일로(一帶一路) 정책[1]을 펼치면서 중국은 주변 국가의 인재들을 대거 끌어들였다. 파키스탄, 카자흐스탄 등 '-스탄'의 나라를 비롯한 많은 나라에서 온, 이질감을 느낄 법한 피부색을 가진 외국인들도 상당히 많다. 때문에 일선(一线)도시의 중국인들은 이러한 외국인을 더 이상 신기해하지 않는다. 그저 함께 일상을 살아가는 사람들일 뿐이다.

---

1) 중국이 주도하는 신(新)실크로드 전략이다. 내륙과 해상 실크로드를 구축해 중국과 주변국의 경제 협력을 목적으로 한다는 취지이다. 2021년 11월 기준, 중국은 141개국, 32개 국제기구와 206건의 "일대일로" 공동 건설 협력 문서에 서명한 바 있다.

그런데 쉬창에는 한국인이 보이지 않았다. 내가 1년 동안 이곳에 살면서 한국인은커녕 외국인을 본 적이 없다. 그만큼 학생들에게도 한국인, 아니 외국인을 직접 보는 것은 그들 생애 최초로 일어난 '사건'이었다. 학생들이 나를 그렇게나 환대해 준 이유가 있었다. 덕분에 나는 단번에 이 지역 신기방기한 존재로 등극했다. 쉬는 시간엔 구경 오는 학생들로 교무실이 붐볐다. 한국어를 조금 배운 고3 학생들은 "썬쒱님, 한쿡에서 어뒤 쌀아요?"라며 한국인 원어민과 프리토킹을 해보고자 서투른 한국어로 말을 걸어오기도 했다.

얼마 만에 느끼는 학생들의 열의 가득 찬 눈동자인가! 중국 학생들을 만난 첫날, 잠재되어 있던 깊은 곳에서부터 끓어올라오는 열정, 뜨거워지는 심장! 그래, 이것 때문에 코로나 따위 두려워하지 않고 이곳에 왔지!

미지의 세계, 한국

곧이어 정신을 쏙 빼놓는 학생들의 질문 세례가 쏟아진다.

"한국은 어디에 있어요? 한국은 어떤 나라예요? 한국에서는 뭘 먹어요? 한국에 가려면 뭐 타고 가요? 한국의 수도는 어디예요? 한국 날씨는 어때요? 선생님은 피부가 왜 이렇게 하얘요? (내가 유난히 하얗다.) 선생님 화장품 뭐 쓰세요? 결혼하셨어요?"

한 시간 가득 채운 질문들을 듣고 있자니 학생들에게 한국은 그저 지도상에 그려진 작은 땅덩어리를 가진 나라에 불과했다. 그야말로 상상 속에 존재하는 미지의 나라쯤으로 생각하는 듯했다. 그 미지의 세계에서 온 나는 이들에게 외계인과도 같은 신기한 존재였다. 이런 학생들에게 앞으로 한국을 어떻게 소개해 주어야 할까. 한국인으로서 나는 어떤 선생님이어야 할까. 대한민국 국가 대표가 된 것처럼 비장한 마음이 들기 시작했다. 내가 바로 국가 대표 선수지 뭐야!

02

순박한
중국 학생들

자신이 최고로 좋아하는 것을
선생님에게도 전해주고픈 예쁜 마음.
순박한 쉬창의 학생들과 새롭게 그려낼
이 여행에 설레었다.

중국의 길거리 간식, 탕후루(糖葫芦)

수업 시간표를 받고 본격적으로 출근한 첫 주. 한국과는 시간표 구성이 다른 탓에 낯선 환경에 적응하느라 바짝 긴장된 일주일을 보내는 중이었다. 오전 7시 40분 1교시 수업부터 밤 10시 야간자습까지 하느라 녹초가 된 어느 날. 자습 감독을 마치고 서둘러 학교 건물을 나서는데 멀리서 한 남학생이 헐레벌떡 뛰어오며 나를 가로막는다. 내가 가르치는 고3 학생이었다.

"무슨 일이야? 왜 이렇게 뛰어왔어?"

걱정이 된 나는 얼른 학생의 얼굴을 살폈다. 그런데 갑자기 수줍은 얼굴로 무언가를 건넨다.

"선생님~ 이거 제가 진짜 좋아하는 거예요."

야간자습을 마친 후라 캄캄해서 아무것도 보이지 않았다. 뭔진 모르겠으나 일단 고맙다고 말한 뒤 가방 속에 넣고 서둘러 집으로 향했다. 집에 와서 보니 탕후루(糖葫芦)였다. 탕후루는 과일을 나무 막대에 끼워 설탕, 물엿 등의 시럽을 바른 뒤 굳혀 먹는 중국 길거리 간식 중 하나이다. 중국인들이 애정하는 음식이다.

학교 정문 앞에는 매일 저녁 야간자습 시간에 맞춰 오토바이를 개조해 만든 삼륜차 길거리 노점상이 들어선다. 자습 시간 출출했던 학생들에게는 간식 천국이다. 구운 냉면(烤冷面), 닭가슴살 튀김(鸡柳), 중국 전병(手抓饼), 전분 꼬치(烤

面筋), 구운 소시지(烤肠) 등등 학생들이 좋아하고 즐겨 먹는 음식들이 주를 이룬다. 다이어트 유혹을 뿌리치기 쉽지 않은 냄새이다. 나에게 탕후루를 건넨 남학생은 수업 종이 울리자마자 교문까지 뛰어나가 탕후루를 사 왔던 것이다.

교문 앞 길거리 노점상

때로는 멀리서 봐도 괜찮아

오도독오도독. 늦은 시간 살짝 허기졌던 나는 크게 베어 씹어 삼켰다. 맛있었다. '가만, 근데 이 탕후루에는 검은깨가 뿌려져 있네?' 보통 탕후루에는 깨를 뿌리지 않는다. '이 지역 특산물인가……' 생각하며 자세히 관찰하기 시작했다.

아뿔싸, 검은 정체는 깨가 아니었다. 에이 설마, 날파리? 아닐 거야... 아니야... 강하게 부정해보았지만……. 왜 슬픈 예감은 틀리는 법이 없을까. 그랬다. 작은 벌레들이 덕지덕지 붙어있었다. 우웨엑! 길거리 음식인데다 컴컴한 저녁이라 아무도 발견하지 못했을 것이다. 게다가 과일 겉면에는 시럽이 끈적거리니 벌레가 달라붙으면 옴짝달싹 못 하는 최적의 쓰리콤보 환경이 아닌가! 알고 나니 비위가 약한 나는 연신 헛구역질이 나왔다. 몰랐다면 다 먹었을 것을. 먹고 나서도 "와! 맛있다!" 엄지척해 줬을 것을. 허허... 본의 아닌 날파리 단백질 보충에 헛웃음이 났다.

비록 특식(?) 탕후루였지만, 특별히 한국에서 온 선생님을 위해 후다닥 교문까지 뛰어가 탕후루를 사 왔을 학생의 마음. 자신이 최고로 좋아하는 것을 선생님에게도 전해주고픈 예쁜 마음. 순박한 쉬창의 학생들과 새롭게 그려낼 이 여행에 설레었다.

03

토요일 오후,
교문 앞은 비상

혹여나
자녀가 집에 오는 길에 사고라도 날까 걱정하는 마음,
공부하느라 피곤했을 자녀의 피로를
조금이라도 덜어주고자 하는 마음,
혹은 고작 6일 떨어져 있었지만
너무나도 그립고 보고 싶었던 마음의 표출이다.

중국 공립 고등학교는 토요일에도 수업이 있다. 대체 수업이 아닌 정규 수업이다. 게다가 수업은 오후 4시까지 이어진다. 학생과 교사에게 휴식은 일주일 중 단 하루만 허락된다. 그래서 이곳에서의 일주일은 '월화수목금금일'의 느낌이다.

비로소 주말이 시작되는 토요일은 학생들뿐 아니라 학부모들에게도 중요한 날이다. 기숙사에 거주하는 학생들이 일주일 중 유일하게 집으로 돌아갈 수 있는 특별한 날이기 때문이다. 그래서인지 시름시름 앓던 학생들이 토요일 점심 이후부터 갑자기 생기가 넘쳐난다. 특히 토요일 마지막 수업에 기적적인 집중력을 발휘한다. 발표, 숙제 등 선생님의 요구대로 응해야 빨리 집에 갈 수 있다.

"때래래래랭~" 마지막 수업의 종료를 알리는 종이 쩌렁쩌렁 교내에 울려 퍼진다. 동시에 6천여 명의 전교생이 여러 건물에서 우르르 쏟아져 나온다. 역시 규모에선 당할 수 없는 그야말로 '하교 대 환장 파티'가 시작된다. 상상해 보라. 6천여 명의 학생, 500여 명의 선생님, 그들의 전동차, 자전거, 자동차들이 서로 뒤엉켜있는 광경을!

학교 탈출 미션
쉬창고등학교는 그 규모가 큰 만큼 운동장을 중심으로

북(北) 캠퍼스, 남(南) 캠퍼스로 나누어져 있다. 북 캠퍼스에는 고1, 고2 학생들이, 남 캠퍼스에는 고3, 국제부 학생들이 있다. 그렇다 하더라도 교문은 남, 북 두 곳만 있기 때문에 몇천 명이 다 빠져나가려면 시간이 한참 걸린다. 학생들은 1분 1초라도 빨리 집에 가고 싶어 안달이 난다. 선생님이라고 예외는 아니다. 일주일을 치열하게 보낸 우리도 어서 집으로 돌아가 단 하루의 달콤한 주말을 만끽하고 싶다. 마치 학교 탈출 미션이라도 주어진 듯 옆 사람을 제치고 교문으로 뛰쳐나간다. 나 역시 학생들 틈바구니에 껴 잰걸음을 재촉해 보지만 인파 속에 영 속도가 나지 않는다. 토요일만큼은 집에 가는 여정이 험하다.

겨우겨우 교문까지 도착. 그러나 교문 너머 더 큰 관문이 기다리고 있다. 1차 관문은 학교 안에서 쏟아져 나오는 무리와 학생을 데리러 온 부모들이 맞물린 대열을 뚫고 나가는 것이다. 학생 수만큼 학부모들도 많다. 2차 관문은 학생을 픽업하기 위한 자동차, 전동차들이 점령한 도로를 뚫는 것이다. 4차선 도로에 픽업 차량과 버스, 택시 등이 서로 얽히고설켜 교통 체증을 만들어낸다. 내 차선 네 차선 구분 불가능해진 아수라장이 따로 없다. 없던 두통이 생길 정도이다. 그런데 3차 관문이 또 있다. 겨우 학교 주변을 빠져나왔다 싶으면 집으로 가는 길에 있는 다른 초, 중, 고등학교의 하교 대 환장 파티까지 겪어야 한다는 것이다.

막 부임한 내가 이 사실을 알 리가. 빨리 퇴근해 쉬고 싶은 마음에 함부로 이 대열에 끼었다가 아주 영혼이 나갔더랬다. 이런 건 누가 알려 주지도 않는다. 그저 몸으로 체득하는 수밖에. 10분이면 집에 도착할 수 있는 거리를 길에서 1시간이나 쩔쩔매야 했다. 게다가 도로 정체 속에서 띠엔동처(电动车, 전기스쿠터)를 발로 끌고 가다시피 해서 차라리 걷는 게 낫겠다는 생각이 들었다. 이 과정을 몇 번 체험하고 나서는 토요일 조기 퇴근은 포기했다. 학생들이 모두 학교에서 빠져나가고 도로 사정도 안정되기를 기다렸다가 편하게 퇴근하는 것이 정신건강에 좋았다.

토요일 하교 풍경이 남다른 이유

토요일 중국 학생들의 하교 풍경은 남다르다. 일주일 동안 '부모들이 얼마나 이 시간만을 기다렸을까'를 체감하게 해주는 현장이다. 나로서는 도무지 이해가 가지 않는 상황이기도 하다. 내 고등학교 시절을 떠올렸을 때, 특별한 상황을 제외하고는 부모님이 데리러 오는 날은 고등학교 3년 동안 손에 꼽을 정도였다. 내 친구들도 그러했다. 그런데 오후 4시, 대낮에 다 큰 고등학생을 픽업하기 위해 모인 중국 학부모들을 보니 '굳이? 이런 과잉보호를?'이라는 생각이 들었다.

이 상황을 이해하려면 중국의 부모-자녀 관계를 생각해

볼 필요가 있다. 1980년 중국은 인구 억제 차원에서 '산아제한 정책(计划生育政策)'을 펼쳤다. 부부가 한 명의 자녀만 출산(每对夫妻只生育一个孩子) 할 수 있도록 제한하는 것이었다. 물론 예외도 있었다. 소수민족이나 농촌인구의 경우 첫째 아이가 여자아이이면 두 명의 자녀까지는 허용하였다.

만약 정책을 어기고 두 자녀 이상을 출산한 경우에는 엄청난 액수의 벌금이 부과되었다. '사회적 양육비(社会抚养费)'라는 명목의 벌금은 개인의 경제력을 기준으로 한 전년도 소득의 2~6배가량의 수준이었다. 유명한 일례로 중국의 유명한 장이머우(张艺谋) 감독은 2014년 3자녀를 출산해 무려 748만 위안(한화 14억)의 벌금을 내 화제가 된 바 있다. 일반 가정에서는 감당하기 힘든 세금이다. 이를 감수하고 둘째를 낳을 수 있는 가정은 많지 않았다. 때문에 둘째 자녀를 친척의 호적에 올리는 현상도 벌어졌다. 우리 반에도 벌금을 피하고자 큰아버지 호적에 이름이 올려진 학생이 있었다. 한 자녀 정책은 2016년 철폐되어 두 자녀 정책으로 바뀌었고, 2021년 일부 지역을 선두로 3자녀 정책으로 바뀌고 있다.

현재 고3인 우리 학생들은 2002년생, 2003년생이다. 한 자녀 정책이 엄격했던 시기에 태어났기 때문에 대부분 외동이다. 더러 형제자매가 있는 학생들도 있긴 있다. 그런 경우는 2016년 이후에 생긴 늦둥이들로 동생과 나이 차이가 10살 이상 난다.

과거 한 명의 자녀만 낳을 수 있었던 중국 부모들에게 자녀는 귀할 수밖에 없다. 자녀를 모시고 아끼는 소황제(小皇帝), 소공주(小公主)는 이러한 배경 속에서 탄생한 것이다. 어려서부터 조부모, 부모의 사랑을 독차지하는 것은 물론 물질적인 풍요를 누리며 귀하디귀한 '시대의 총아'로 등극했다. 중국에 이런 소황제 인구만 해도 무려 5.5억 명[2]이다.

소황제, 소공주의 명(明)과 암(暗)

국적 불문하고 세상에 자기 자식이 귀하지 않은 부모가 어디 있겠냐마는, 토요일 오후, 학교 앞 아수라장 하교 풍경은 중국의 부모-자녀 애착 관계를 각별하게 보여주는 대목이다. 중국 부모들은 자식을 위해서라면 무엇이든 희생할 수 있다는 의지가 매우 강하다. 혹여나 자녀가 집에 오는 길에 사고라도 날까 걱정하는 마음과, 공부하느라 피곤했을 자녀들의 피로를 조금이라도 덜어주고자 하는 마음일 것이다. 혹은 고작 6일 떨어져 있었지만 너무나도 그립고 보고 싶었던 마음의 표출이다.

자녀에 대한 부모의 애착은 평소 학생들의 학교생활에서도 잘 드러난다. 학교에서 학생들에게 문제나 갈등이 생

---

2) 1980년대생 : 2.23억 명, 1990년대 생 : 1.67억 명, 2000년대 생 : 1.58억 명 (출처 : Sina 新浪)

기면 부모들은 바로 교무실로 쫓아와 즉각 처리하거나 담임 선생님에게 전화를 걸어오기 일쑤이다. 잔디를 깎듯 자녀에게 불편할 만한 것들을 모두 제거해 주는, 일명 '잔디깎이 맘(Lawn Mower Mom)'이 중국에도 많다. 과도한 부모의 보호막으로 '엄마, 아빠 없이는' 학생 스스로 아무것도 결정할 수 없는 유약한 존재로 성장하는 것 같아 안타까운 마음이 든다.

한편 현대 사회의 소황제, 소공주의 또 다른 특성으로 공동체 의식 결여를 꼽을 수 있다. 이들은 타인을 배려하거나 양보하고 손해를 감내하려는 의식이 떨어지는 편이다. 대부분 '4-2-1 가족 모델'로 할아버지, 할머니, 외할아버지, 외할머니가 건재하고 아버지, 어머니 포함 총 6명의 어른에게 극진한 대접을 받고 자라는 가정 환경이 원인이다. 중국 학생들에게 무엇보다도 인성교육이 절실한 이유이다.

가정에서 할 수 없다면 교사라도 발 벗고 나서야 한다. 중국 학교의 시스템상 고등학교 3년은 부모보다 교사와 더 많은 시간을 보내기 때문이다. 학생들에게 역할 모델로 작용하는 교사의 품성과 임무가 매우 중요하다고 할 수 있다. 나는 우리 학생들이 명문 대학에 입학하는 것보다 '인간다움'을 배우는 것을 최우선의 가치로 여긴다.

04

한국어
수난시대

진득한 인내심은
교사에게 요구되는 필요 조건이다.

한국어 수업 시간

"주이빠 따이디엔! 껑 따이디엔! (嘴巴大一点，更大一点!)"

"입 더 벌려! 더 크게!"

3월 내내 신물 나게 내뱉었던 말이다. 학기 초 내 수업에서는 한 달 내내 한글의 모음과 자음을 가르친다. 아무리 강조해도 지나치지 않기에 나는 기초이자 기본인 이 과정에 가장 큰 공을 들인다.

"아, 야, 어, 여는 입을 더 크게!"

학생들은 여전히 입술을 최소한으로 벌린 채 "오요오요"로 발음한다.

학생들에게는 피하고 싶은, 고된 과정일 것이다. 매일 하루 4시간 이상을 '아야어여, 그느드르……'를 반복하는데 뭐가 재미있겠나. 교사인 나도 같은 마음이다. 학생들이 조금이라도 덜 지루하게 노래, 그림, 퍼즐 등 갖가지 방법을 나름 써 보지만, 일주일 이상을 넘기지 못한다. 학생들은 어서 빨리 자음, 모음을 건너뛰고 드라마나 K팝을 공부하고 싶어 한다. 하지만 취미반이 아닌 한국 대학입시를 위한 '중한반(中韓班)'이기에 나의 요구는 엄격할 수밖에 없다.

학생들의 한국어 오류 상황

외국인 학생들을 가르치다 보면 한글 표기법, 발음, 단어 조합, 띄어쓰기, 존칭과 반말, 억양 등등에서 학생들의 수많은 오류 상황을 만나게 된다. 언어를 배우는 데 있어 오류는 필연적이다. 글자 표기법 오류로는 'ㄷ'을 'ㄱ'으로 쓴다거나 자음, 모음보다 받침이 더 큰 해괴망측한(?) 그림들을 적어낸다. 주의 깊게 과제물을 검토하고 꼼꼼히 수정해 주어야 한다.

그중에서도 나는 발음에 다소 민감한 편이다. 학습 초기의 잘못된 발음 습관이 화석화하면 향후 교정하기 어렵기 때문이다. 발음의 경우 대개 모국어의 영향을 크게 받는다. 중국어에는 혀를 말아 소리를 내는 '권설음(zh, ch, sh, r)' 발음이 있다. 권설음이 단모음 i(이)를 만나면 (으) 소리로 변하며 zhi(즈), chi(츠), shi(스), ri(르)의 소리가 난다. 한국인들도 잘 알고 있는 "니츠팔러마? (你吃饭了吗, 밥 먹었어?)"가 대표적이다. 여기에서 '츠(吃, chi)'는 권설음으로 혀끝을 말아 올려 발음해야 한다. 그런데 한국어에는 권설음 발음이 없다 보니 한국인들은 '니시팔러마?'라는 욕인 듯 욕이 아닌 웃픈 오류를 만들어낸다. 중국에서 이렇게 말하면 중국인은 못 알아듣는다.

반대로 중국인들도 권설음 때문에 한국어를 할 때 혀를 말아서 발음하는 경향이 있다. 특히 한국어 '을/를'을 발음할 때 더욱 그렇다. 교정이 쉽지 않다. 이렇게 모국어로부터의 언어 간 전이는 학습 초기 한국어 발음에 매우 중요하다. 이때 잘못된 발음을 즉각 수정해 주지 않으면 학생은 고급

과정이 되어서도 어눌하고 부정확한 한국어 발음을 구사하게 된다.

또한 중국어에는 없는 한국어 모음 발음 역시 중국 학생들이 어려워한다.

채 채 체 쳬 좌 좨 최 쵸 춰 췌 취 츄 츠 츼 치
캐 컈 케 켸 콰 쾌 쾨 쿄 쿼 퀘 퀴 큐 크 킈 키
태 턔 테 톄 톼 퇘 퇴 툐 퉈 퉤 튀 튜 트 틔 티
패 퍠 페 폐 퐈 퐤 푀 표 풔 풰 퓌 퓨 프 픠 피
해 햬 헤 혜 화 홰 회 효 훠 훼 휘 휴 흐 희 히

이 늪에서 헤어 나오기가 어렵다.

더 큰 난관은 받침이다. 받침은 쓰기 오류와 발음 오류가 모두 있다. 중국 학생들이 자주 틀리는 받침 발음은 'ㄱ, ㄴ, ㄷ, ㄹ, ㅂ'이다. 국민→[구민], 친척→[치처], 꽃집→[꼬집], 일부→[이부], 사람→[사라], 밥→[바암] 등등. 중국어에 대응하는 받침 발음이 없다 보니 특히 어려워하고 정확한 발음을 내지 못한다.

겨우 일정 수준 자음, 모음, 받침을 마스터했다 싶으면 다음 단계의 오류는 존칭과 반말이다.

"선생님, 밥 먹었어?"
"선생님 안녕!", "안녕히 가~"

반말을 밥 먹듯이 한다. 물론 이런 실수는 귀엽다. 반말은 단기간에 고칠 수 있는 오류이므로 크게 걱정하지 않아도 된다.

문장을 말할 수 있게 되면 다시 억양이 문제다. 이상하게 중국 학생들은 어느 순간부터 조선족 말투와 억양을 사용하기 시작한다. 나는 분명 서울 표준말을 가르쳤는데 참 요상하다. 왜 그런가 이유를 살펴보니, 내 수업 외의 중국 선생님의 한국어 수업에서의 발음, 학생들이 주로 보는 한국어 학습 앱이나 교재 녹음 등의 영향, 여러 가지가 복합적으로 작용한다는 것을 알게 되었다. 학생들이 여러 경로로 한국어 억양을 연습하다 보니 한정된 수업 시간에 학생 개개인의 오류를 수정해 주는 데 한계가 있다. 그렇다고 대충 넘길 수 없는 노릇. 될 때까지 포기하지 않고 '오류수정-반복'을 시킨다. 진득한 인내심은 교사에게 요구되는 필수 조건이다.

한국어를 가르칠 때 발음 교육을 소홀히 여기는 경향이 있다. 입시 위주의 교육은 단기간에 급수를 만들어 대학 합격까지 성과를 내야 하기 때문이다. 그러나 발음 교육은 초기 학습자에게 가장 중요하다고 해도 과언이 아니다. 부정확한 발음은 의사소통의 장애를 일으킬 뿐 아니라 결국엔 듣기와 쓰기 등의 전반적인 언어 능력에 영향을 미치게 마련이다. 중국 학교에서 한국인 원어민 교사를 채용하는 이유도 학습자가 정확한 표준어를 구사할 수 있도록 하기 위함이다. 따라서 교수자로서 학습자의 발음 향상을 위한 효과적인 교수 방법 연구 및 적용은 한국어 교사의 주요한 역할이자 과제라고 생각한다.

05

매운맛
한국 선생님!

"선생님은 0점짜리 성적은 용서해도
0점짜리 인성은 용납하지 않아."

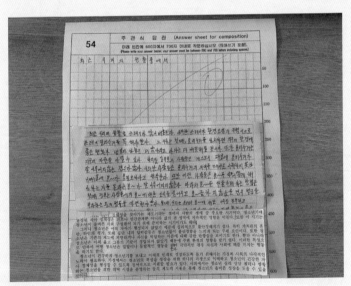

학생의 커닝 페이퍼

"저 커닝 안 했는데요?"

학생들이 가장 긴장하는 시험 날이다. 내 수업의 특성상 2주에 한 번 쪽지시험, 한 달에 한 번 종합평가가 있다. 부임하고 6개월 정도 나는 완벽히 인자하고 친절한 선생님이었다. 한국을 처음 접하는 학생들에게 내가 한국, 한국인을 대표해야 한다는 강박이 있었던 것 같다. 그래서인지 학생들은 나의 수업을 가장 좋아해 주었다. 늘 방긋방긋 웃는 한국 선생님을 보며 학생들은 서서히 한국에 관심을 갖기 시작했다. 그런데 꾹꾹 감추었던 나의 성격을 드러나게 한 사건, 바로 커닝이다.

본래 나의 MBTI는 ENFJ로 '정의로운 사회운동가' 형이다. 전 세계 인구의 약 2%밖에 없다고 하는 희귀한 유형이다. 불의를 참지 않는 내 성격을 보면 검사 결과가 정확한 것 같다. 누군가 억울한 일을 당할 때는 대신 나서서 오지랖을 부린다. 잘못된 일에는 상대가 그 누구라도 바르게 말해야 직성이 풀린다. 사탕발림으로 상사의 비위 맞추는 일도 어려워하는 편이다. 그 때문에 나는 과거 다른 직종에 근무할 때도 상사가 가장 껄끄러워하는 사람, 선배가 질투하는 사람, 후배가 부러워하는 사람이었다. 자신들이 못하는 이야기들을 대신 앞장서서 해주니 통쾌했을 것이다. 그러나 나서지 않아도 될 일에 나서서 괜한 미움을 받는 사람, 이유 없이 불이익을 당하는 사람이기도 했다. 긴 세월 사회생활 하면서 그래도 많이 유해졌다고 생각했는데 이러나저러나 성격이 쉽게 변할 리 없을 터.

나의 정의감은 커닝하는 학생들 앞에서 폭발하기 시작했다. 사실 학생들의 커닝은 이번이 처음이 아니었다. 지난 3달간 시험 때마다 목격했다. 그동안은 귀여운 수준이어서 가볍게 주의를 주고 넘겼다. 그런데 이번만큼은 결코 그냥 넘어가지 않으리라.

부정행위의 최후

"장천호(가명)! 너 그 밑에 종이 뭐야?"

시험지 밑에 커닝 페이퍼가 있었다. 이미 상황을 목격했기에 변명이 통하지 않을 순간이다.

"저 커닝 안 했는데요?"

학생은 매우 억울하다는 표정으로 당당하게 대답한다. 뻔뻔한 태도에 2차로 부아가 치밀었다. 그러나 감정적 대응은 학생을 개선할 수 없다는 것을 알고 있다. 이를 악물고 분노를 꾹꾹 눌러 다시 한번 반성할 기회를 주기로 했다.

"천호야, 선생님이 다시 한번 물어볼게. 커닝했니?"

"아니요."

학생은 끝내 인정하지 않았다. 선생으로서 가장 가슴 저린 순간이다.

"지금껏 여러 번 내 시험시간을 통해 시험 전 책상에 노트를 펼쳐 놓는 일은 절대 허용되지 않는다는 거 알고 있었을 거야! 선생님이 이미 봤어. 그런데도 넌 거짓말을 두 번이나 하는구나. 이번 시험은 0점 처리할 거야!"

그리곤 바로 시험지를 회수했다. 뒤돌아서려는데 탁! 탁! 조용한 시험시간, 볼펜과 노트를 책상에 던지듯 놓으며 혼잣말로 구시렁거린다. 온몸으로 불만을 표현하는 것이다. 다른 학생들은 나의 눈치 한 번, 시험지 한 번 번갈아 보며 숨죽여 시험을 치른다.

분노와 슬픔이 동시에

오늘처럼 불같이 화내는 일을 본 적이 없었던 선생님의 모습에 다른 학생들도 적잖이 당황한 눈치이다. 시험이 모두 끝난 쉬는 시간, 학생들은 감히 자리에서 일어날 생각을 하지 못한다. 나 또한 강단에 서서 움직이지 않았다. 나는 단전에서부터 올라오는 분노와 슬픔을 꾹꾹 누르며 입을 열었다.

"장천호 포함 모두 잘 들어! 선생님은 0점짜리 성적은 용서해도 0점짜리 인성은 절대 용납하지 않아. 오늘 커닝을 해서 좋은 성적을 받으면 앞으로의 인생이 바뀔 것 같으니? 당장 오늘은 좋은 성적을 받아 기분은 좋겠지. 그러나 가짜 실력으로 사회에 나가면? 사람들이 언제까지 거짓 스펙에 속을 수 있을 것 같니? 너희에게 지금 가장 필요한 건 100

점짜리 성적이 아니야. 오늘 공부를 못했다면 0점을 맞아도 좋아. 열심히 공부하면 다음번엔 50점을 맞을 수도, 100점을 맞을 수도 있으니까. 하지만 오늘 커닝을 해서 운 좋게 100점을 맞았다고 치자. 그럼? 내일도 커닝하고 싶겠지. 그다음에는? 커닝을 해야만 해. 공부하지 않고도 쉽게 점수받는 법을 알아버렸거든. 더 정교하게 커닝 페이퍼를 만들겠지. 근데 그게 오늘처럼 통하지 않는 날이 반드시 오게 되어 있어. 그럼 한순간에 0점짜리 인생이 되는 거야. 설사 노력을 한 일이 있다 하더라도 그 노력마저 거짓 사건 하나로 모두 부정당하게 돼. 거짓, 위조 인생은 그만큼 회생이 불가하단다. 스스로에게 떳떳한 사람이 되는 것, 정직한 노력으로 정직한 결과를 얻는 것을 배우는 것, 사람으로서 지켜야할 선을 지키는 것. 그렇게 100점짜리 인성을 만들어 나가는 것이 지금 너희가 100점을 받는 것보다 훨씬 더 중요한 공부란다! 너희가 오늘 이걸 배웠으리라 생각해. 다시는 이런 일이 없도록!"

똑똑. 오전 수업이 끝나고 커닝한 학생이 교무실로 찾아왔다. 고개를 푹 숙이고는,

"선생님, 잘못했습니다. 용서해 주세요."

이내 눈물을 뚝뚝 떨어뜨리며 같은 말을 반복한다. 내년이면 성인이 되는 다 큰 남자아이가 눈물을 흘린다. 나 역시마음이 찡하다.

"천호야, 오해하지 마. 선생님은 너를 싫어하는 게 아니야. 너의 잘못된 행동을 싫어하는 거지. 지금 네가 너의 잘못을 인정하고 다시는 그러지 않겠다고 하니 이번은 선생님이 용서해 줄 거야. 대신 다음부턴 절대로 이런 일이 있어서는 안돼! 알겠니? 선생님은 널 믿어!"

'정직'과 '성실'

주의를 받고 교실로 돌아가는 학생의 뒷모습에서 그래도 희망을 보았다. 평소 작은 소리에도 깜짝깜짝 놀라 마음이 여린 학생이라는 것을 알고 있었다. 가정 환경 또한 그리 따듯하지 못해 깊은 사랑이 필요하다는 것도 늘 생각하고 있었다. 혹여나 공개적 비판에 상처받지 않았을까. 내심 걱정이 되어 저녁 자습 시간에 작은 이벤트를 준비했다.

"오늘 야간자습엔 선생님이 칭찬해 주고 싶은 학생이 있어!"

학생들은 웬 뜬금포인가 갸우뚱한다.

"누구나 살면서 실수하기도 하고, 잘못을 저지르기도 해. 하지만 중요한 것은 그 후의 태도야. 내가 실수했다는 걸 바로 인정하고 시인하는 것. 이 일에는 용기가 필요해. 나아가 내가 잘못한 누군가에게 사과하고 용서를 비는데도 아주 큰 용기가 필요하단다. 그런데 천호가 크게 혼나고 선생님한테 와서 바로 잘못을 인정했어. 그리고 개선하겠다고 약

속했어. 소심한 성격인 천호에게 결코 쉬운 용기는 아니었을 거야. 그래서 칭찬해 주고 싶어. 더불어 너희 모두도 천호의 이런 태도를 배웠으면 한다."

학생들이 기억해 주었으면 하는 단어, '정직과 성실'을 포스트잇에 써 붙여 선물한 초코바

초코바에 '1. 정직 2. 성실'이라는 문구를 포스트잇에 써서 붙였다. 학생들이 살면서 꼭 명심했으면 하는 두 가지다. 우와~ 웅성웅성. 초코바를 뜯는 소리로 가득하다.

"얘, 얘들아. 초코바가 중요한 게 아니라 그 위에 붙여진 포스트잇, 그걸 마음속에 간직하라고!"

"네, 선생님~"

대답 소리가 유난히 크다. 칭찬을 한 번도 받아본 적이 없는 학생에게는 긍정적 기억을, 다른 학생에게는 잘못을 인정하는 법, 사과할 줄 아는 용기를 가르쳐주고 싶었다.

시험 감독을 하다 보면 종종 학생들의 커닝을 발견할 때가 있다. 평소에 공부를 열심히 하고 잘하는 학생일수록 더 눈감아주고 싶은 심리가 생긴다. 그러나 커닝을 묵인하다 보면 커닝하는 삶을 양성하는 꼴이 되기에 가슴 아프지만 더 단호하게 처리하려고 한다. 몇 번의 생채기를 겪은 후부터 적어도 내 시험에서만큼은 커닝하는 학생이 없었다. 이 때문인지 학생들의 성적이 이전보다 좀 떨어지긴 했지만.

생각해 보면 우리도 중, 고등학교 시절 커닝하고 싶은 유혹의 순간이 얼마나 많았던가! 그러나 편법과 반칙이 통하지 않는 정직과 성실, 옳고 그름을 구별할 줄 아는 가치관을 심어주는 것, 이것이야말로 교사가 청소년기의 학생들에게 반드시 가르쳐야 할 덕목이 아닐까 싶다. 오늘의 교훈이 학생들의 마음 깊은 곳에 저장되어, 살면서 언제든 꺼내 볼 수 있는 인생의 교과서로 남길 바란다. 이렇게 우리는 오늘도 한 뼘 성장했다.

06

선생님,
지하철이 뭐예요?

이곳에서의 나의 사명은
갇혀있는 현대판 우물 안 개구리들에게
더 큰 무대가 있음을 알려주는 것이다.
두렵기만 한 우물 밖 세상은
비교적 흥미롭고 안전한 곳임을 안내해 주는 것이다.
그리고 손을 내밀어 폴짝 뛰어나올 수 있게
발돋움이 되어주는 것이다.

한적한 쉬창의 기차역

"응? 지하철이 뭐냐 하면, 음. 어떻게 생겼냐 하면……."

수업을 하다 보면 중국 학생들에게서 예상치 못한 원초적인 질문을 받고 멈칫거릴 때가 있다. 이번에는 지하철에 관한 질문이었다. 이럴 땐 어디서부터 어떻게 설명해 주어야 할지 참 난감하다.

이곳 학생 대부분은 태어나서 쉬창 밖을 나가본 경험이 거의 없다. 물론 가정환경에 따라 국내 여행을 경험한 학생도 있지만, 손에 꼽을 정도이다. 우리 반에 해외를 나가 본 친구는 한 명도 없었다. 그러니 기차, 비행기를 타본 적도 전무하다. 쉬창에 기차역이 없는 것은 아니다. 하지만 중국 어느 곳을 가도 인산인해를 이루는 여느 기차역과는 달리 매우 한산하다. 쉬창에서 유입, 유출되는 인원이 극히 드물다는 뜻이다. 그만큼 이곳 사람들은 익숙한 쉬창을 떠나 선뜻 외지에 나가려 하지 않는 습성을 지니고 있다.

이런 학생들에게 지하철이라는 신문물(?)을 설명하기가 쉽지 않았다. 마치 우리가 본 적도, 들어본 적도 없는, 20~30년 후에나 나타나게 될 현재 이 세상에 없는 물건을 단순히 말로만 이해시켜야 하는 느낌? 완벽히 상상될 리가 없다. 가까스로 지하철은 지하 철도 위를 달리는 전동차이자 버스와 같은 교통수단임을 이해시킨다. 그러면 그 다음 질문은 더 황당하다.

"근데 왜 지하철 출구는 하나가 아니고 여러 개예요?",

"어떻게 출구가 여러 개일 수가 있죠?"

도무지 이해가 안 된다는 반응이다. 단 한 번도 지하철 출구가 여러 개인 것에 대해 생각해 본 적 없는 나에게 뼈 때리는 질문이다. 내가 당연하다고 여기는 것이 다른 누군가에게는 당연하지 않은 일, 의문투성이일 수도 있다는 것을 깨닫는 순간이다.

'나는 누구이며, 이들은 누구이며, 우리는 지금 어느 시대에 살고 있는가?' 타임머신을 타고 지하철이 없는 과거로 돌아가는 느낌이었다. 물론 내가 태어났을 당시에는 서울에 지하철이 존재했지만. 개화기에 한국을 찾아온 서양인들이 우리에게 지하철을 설명했다면, 마찬가지로 우리도 좀처럼 이해하기 어려웠을 것이다.

지하철이 불필요한 쉬창의 생활 환경

쉬창은 대도시에 비해 도로가 복잡하지 않을뿐더러 대부분의 생활권이 자신의 거주지에서 5km 반경을 벗어나지 않는다. 5km 이내에 병원, 학교, 쇼핑몰, 공공기관, 기차역, 공원 등등이 있다. 생활권이 매우 단조롭기 때문에 이곳에서 지하철은 불필요한 교통수단이다. 버스나 택시를 이용할 일도 거의 없다. 주로 자신의 띠엔동처(电动车, 전기스쿠터)를 이용한다. 따라서 학생들에게 지하철은 더욱 상상하기 어려운 이동 수단이라고도 할 수 있다. 지하철이 왜 존재해야 하는지 근본적인 이해부터가 어렵기 때문이다.

　물론 베이징, 상하이와 같은 대도시는 한국과 마찬가지로 지하철이 매우 발달했다. 지하철을 모르는 중국인은 대부분 없다. 중국의 어느 도시는 한국보다도 더 빠르게 발전하고 있기 때문에 "지하철이 어떻게 생겼어요?"라는 이곳 학생들의 질문만으로 중국 전체를 얕봐서는 안된다. 내가 있는 허난성의 대표 도시 정저우(郑州)라는 곳만 해도 지하철이 있다. 단지 '쉬창'이라는 작은 도시에 지하철이 없을 뿐이다. 게다가 이곳에 사는 사람들, 특히 학생들은 대부분 외지로 나가본 경험이 없기 때문에 지하철을 접해보지 못했던 것이다.

　그렇기에 이곳 학생들에게는 지하철뿐 아니라 한국의 63빌딩, 롯데타워 등등은 물론이고, 자국의 베이징 올림픽 경기장과 상하이의 동방명주는 그저 TV나 인터넷에서 볼 수 있는 다른 세상의 사물일 뿐이다. 그 세상 너머에서 살아가는 사람들과 사건들은 자신과는 무관한 이질적인 별개의 세계로 인식한다. 분명한 삶의 온도차를 느낄 수 있다.

　내가 이곳 학생들을 겪으며 놀라웠던 것은, G10 안에 드는 눈부신 발전을 이룩한 한국을 이곳 쉬창과 같은 시골 나라쯤으로 생각한다는 것이었다. 이들과 시시비비를 논하고 싶지 않다. 그저 우리는 누구나 자신의 경험적 사고로 사물

을 인지하고, 해석해낼 수밖에 없는 갇힌 현실에 통감하는
바이다. 누구에게나 나의 세상은 딱 우물 안, 그 크기만큼
이기 때문이다.

우물 안 개구리를 우물 밖으로

어딘가에는 신문물을 접할 기회 없이, 평생을 그런 것이
있는 줄도 모르고 살아가는 사람들이 있다. 우리 역시 지구
반대편에서 어떤 일들이 펼쳐지고 있는지 모른 채 살아간
다. 단지 우리는 우리가 보고, 듣고, 접해본 것 위주로 자기
만의 세계와 사고를 형성한다. 그러고는 다시 편협한 시각
으로 다른 사람을, 다른 세상을, 너무나 쉽게 단정하는 우를
범하며 살아간다. 그야말로 저만 잘난 줄 아는 '우물 안 개
구리'처럼 말이다.

나는 세상과 단절돼 살아가는 듯한 이곳 학생들에게 나와
다른 이웃의 소식을 소개해 주고 싶다. 나와 다른 풍경을 직
면하는 방법과 지금까지 쌓아온 경험과 지식의 경계를 깨부
수는 방법을, 다양한 상황 속에서 열린 생각을, 지구 건너편
엔 막연한 세계가 아닌 나와 함께 동시대를 살아가는 사람
들이 있다는 것을, 그리고 그들과 따뜻한 감정을 교류할 수
도 있다는 것을 말이다. 온전히 이해시킬 수 없다 하더라도
자신들과 무관하지 않다는 것을 끊임없이 일깨워주고 싶다.

나는 교사가 얼마나 풍부하고 다양한 환경을 제공해 주는지에 따라 학생들이 사람을, 사회를, 세계를 이해하는 지경이 달라질 것이라고 믿는다. 15살의 내가 그러했던 것처럼. 이곳에서의 나의 사명은 갇혀있는 현대판 우물 안 개구리들에게 더 큰 무대가 있음을 알려주는 것이다. 두렵기만 한 우물 밖 세상은 비교적 흥미롭고 안전한 곳임을 안내해 주는 것이다. 그리고 손을 내밀어 폴짝 뛰어나올 수 있게 발돋움이 되어주는 것이다.

■ **TOP1. 심심상인(心心相印) & 사명감**

1) 심심상인(마음과 마음으로 뜻이 서로 통함) : 중국 로컬 고등학교 교사의 절대적 자격 요건!

- 중국 학교의 시스템상 교사와 학생은 주 6일, 매일 16시간을 함께 보낸다. 즉 교사에 대한 학생의 의존도가 매우 높고, 고등학교 기간 동안 교사는 학생에게 제2의 부모나 다름없다. 교실 안에는 다양한 성격과 기질을 가진 학생들이 제각기 다른 생각을 품고 생활한다. 질풍노도의 성장통을 겪고 있는 학생의 감정이 교사에게 오롯이 전이된다는 말이다. 그것도 매일 16시간 동안. 마음과 마음이 통하지 않으면 학생도, 교사도 위기를 극복하기 힘들다.

2) 한국어 교사, 사명감 없이는 '업(業)'으로 삼기 힘든 직업.

- 한국인이라고 해서 누구나 한국어를 잘 가르칠 수 있는 것은 아니다. 단순히 한국어를 구사하는 것과 가르치는 것은 완전히 별개의 영역이다. 한국어 교육 현장에는 오랜 세월 시간과 돈을 투자해 한국어 연구에 힘쓰고, 박한 처우와 열정페이를 견뎌낸 실력파 한국어 선생님들이 상당히 많다.

- 한편 중화사상이 짙은 중국에서 '한국인 교사'로서 한국어를 가르치는 일은 남다른 사명감을 필요로 한다. 한국과 중국의 사상과 사회문화는 매우 다르다. 다시말해 서로 크고

작은 충돌을 일으킬만한, 대립되는 소재가 많다. 이 때 정서적 지원이 없는 중국에서 '왜 한국어 교육을 해야 하는가?'에 대한 자신만의 교육 목적과 철학, 투철한 사명감이 없으면 감당하기 어려울 것이다.

■ TOP2. 외국어

· 현지 채용 한국어 강사 모집공고를 보면 외국어 특기자를 우대하는 경우가 많다. 외국어가 한국어 교육에 필수조건은 아니지만 중국에서는 한국어교원 자격증보다 더 우선시하는 경향이 있다. 교과 외 업무를 위해서는 현지인과 의사소통이 원활해야 하기 때문이다.

· 중국 로컬 학교의 경우 매주 열리는 교직원 회의는 모두 중국어로 이루어진다. 학교 내 한국어를 구사할 수 있는 사람은 한국어 교과 담당 중국인 교사 1~2명뿐이다. 이들의 한국어 구사 능력도 한계가 있을뿐더러 매번 통역을 부탁하는 것도 껄끄러운 일이다. 무엇보다도 채용 계약서 자체가 모두 중국어이므로 중국어를 모른다면 계약서 사인부터 막막함을 느끼게 될 것이다!

■ TOP3. 교원자격증

많은 기관에서 한국어교원 상위자격 취득자를 우대하는 편이다. 한국어교원 자격증은 1급~3급으로 구분된다.

등급	취득 방법
1급	최상위 단계. 시험 혹은 학위 과정을 통해 취득 불가능. 2급 취득 후 경력을 통해서만 가능. (승급의 개념)
2급	학위 과정을 통해서만 취득 가능 학위 과정 방법 1. 대학 혹은 대학원에서 '외국어로서의 한국어교육'을 전공 2. 학점은행제를 통해 취득
3급	학위 혹은 시험을 통해 취득 가능 1. 학위: 대학 + 부전공(외국어로서의 한국어교육) + 필수학점 이수 2. 시험: 한국어교원 양성과정 이수 후 한국어교육능력검정시험에 합격 　　　(1차 필기 → 2차 면접)

· 한국어교원 승급 대상

　한국어교원 자격증 3급 또는 2급 취득 후, 한국어 교육 경력이 인정되는 기관 또는 단체에서 한국어 교육 경력이 있는 사람.

등급	승급 자격기준
1급	2급 취득 후 경력 5년 이상 + 2,000시간 이상의 강의 시수를 모두 충족
2급	1. 학위과정으로 3급 취득 후 경력 3년 이상 + 1,200시간 이상의 강의 시수를 모두 충족 2. 한국어교육능력시험으로 3급 취득 후 경력 5년 이상 + 2,000시간 이상의 강의 시수를 모두 충족
3급	1. 대학 + 부전공(외국어로서의 한국어교육) + 필수학점 이수 2. 양성과정 이수 후 + 한국어교육능력검정시험에 합격

· 석박사와 교원자격증 모두 취득해야 하나?

　모두 갖춘다면 더할 나위 없이 좋겠지만, 그렇지 않다고 해서 채용이 안 되는 것은 아니다. 학위 혹은 자격증과 가르치는 능력은 별개이다.

자격증을 취득하고 석박사를 졸업하고도 취업이 안돼 대기 중인 예비 선생님들이 수두룩하다.

· 실력과 경험이 중요

필자의 경우 고등학교에 채용되기 전 중국에서 한국어 교육 경력 4년, 아나운서, 기업체 강의, 한국에서 중국어 교사 등 다양한 경험이 있었다. 한국어교원 자격증과 더불어 한국어 및 교육 관련 자기만의 경력을 쌓으면 도움이 된다.

· 한국어교원으로서 필요한 다른 역량은?

한국의 역사, 문화, 사회, 문학 등 전반적인 배경지식을 두루 갖추는 것이 좋다. 외국인을 위한 한국어 교육은 '한국어'에만 국한되지 않기 때문이다. 이러한 취지에서 한국어교원 자격증은 교육부가 아닌 문화체육관광부에서 발급하고 있다.

· 실제 중국 현지 채용은?

석·박사 학위, 교원자격증, 중국어를 모두 요구하는 곳도 있고, 급구로 채용할 경우에는 특별한 조건을 보지 않기도 한다. 다만 중국 취업 비자, 외국인 취업허가증, 거류 허가 등의 서류를 발급받기 위해서는 2년 이상의 경력이 필요하므로 다양한 곳에 지원해 경험을 쌓아 놓는 것이 중요하다.

중국 유학에 필요한 TOP3

■ TOP1. 언어(HSK)

- 한어수평고시(汉语水平考试), HSK: 외국인이 중국 로컬 고등 학교나 중국 대학에 입학하기 위한 필수 자격요건! (예외: 급 수 없이도 중국어 기초부터 시작하는 외국인을 위한 '예과반'이 따로 개설 된 학교도 있다)

- 몇 급이 필요한지?

  5~6급. HSK 6급의 실력을 갖춘 학생이라고 하더라도 중국어로 수업 을 듣는 과정은 매우 어렵다. 교수마다 사투리, 말투, 스피드가 다르 다. 학교에서 외국인을 배려한 친절한 중국어를 해주지 않는다는 사 실을 명심하라.

- HSK 3.0 개편(2022.11.26 시행, 출처: 汉考国际 CTI)

  HSK는 현행 1~6급 제도를 변동 없이 유지하고, 기존의 듣기, 읽기, 쓰기 영역에 말하기와 번역 영역을 추가해 고등 7~9급을 증설하였 다. 외국 중문 학습자의 고급 중국어 능력을 평가하기 위한 개편인 만 큼 이왕이면 고급을 준비하는 것이 유리할 수 있겠다. 점수 올리기 가 장 어려운 '말하기'와 '쓰기'에도 집중하도록!

■ TOP2. 지역 및 학교 선정

- 중국 유학 결심 → 유학할 지역 선정

대도시 vs 중소도시

지역	내용
대도시(베이징, 상하이 등)의 장점	유학생 수가 많다. 교육 커리큘럼이 체계적이고, 경험치가 풍부하다. 다양한 인프라가 구축되어 있어 생활면에서도 한국만큼 편리하다.
대도시(베이징, 상하이 등)의 단점	한국인 커뮤니티가 활성화되어 있어 굳이 중국어를 하지 않아도 일상생활이 가능하다. 한국인지 중국인지 못 느낄 환경이라면 중국어 실력이 더디게 늘 수밖에 없고, 중국 유학의 의미가 없게 된다.
중소도시의 장점	중소도시 로컬 학교의 경우 유학생 수가 적어 중국 학생과의 24시간 생활을 통해 원어민 수준으로 중국어를 배울 수 있다.
소도시의 단점	대도시와 상반된 상황. 너무 외지에 있는 소도시일 경우 한국인이 단 한 명도 없을 수 있고(쉬창처럼), 한국 마트나 한국 음식점 등이 없어 생활의 불편함을 겪을 수 있다.

다음 중국의 행정구역을 참고하여 자신에게 맞는 지역을 선정해 보자.

중국의 행정구역

중국은 34개의 행정구역(4개의 직할시, 23개의 성(대만 포함), 5개의 자치구, 2개의 특별 행정구)으로 이루어져 있다. 우리에게 친숙한 베이징, 상하이, 충칭, 톈진이 바로 4개 직할시에 속한다. 23개의 성(省) 안에는 각각의 중심 도시가 있다. 그리고 하나의 성은 십 수개의 시(市), 현(縣)급 시(市), 현(縣)으로 구성되어 있다. 그중 중심도시는 성(省) 내 가장 큰 도시로 각 성의 정치, 문화를 대표한다.

구분	성(省)행정단위	중심도시	구분	성(省)행정단위	중심도시
4개 직할시	베이징 北京市	베이징 北京	23개의 성(省)	허베이 河北省	스자좡 石家庄
	톈진 天津市	톈진 天津		산시 山西省	타이위안 太原
	상하이 上海市	상하이 上海		랴오닝 辽宁省	선양 沈阳
	충칭 重庆市	충칭 重庆		지린 吉林省	창춘 长春
5개 자치구 (自治区)	내몽고 内蒙古	후허하오터 呼和浩特		헤이룽장 黑龙江省	하얼빈 哈尔滨
	광시광족 广西壮族	난닝 南宁		장쑤 江苏省	난징 南京
	시짱 西藏	라싸 拉萨		저장 浙江省	항저우 杭州
	닝샤후이족 宁夏回族	인촨 银川		안후이 安徽省	허페이 合肥
	신장웨이우얼 新疆维吾尔	우루무치 乌鲁木齐		푸젠 福建省	푸저우 福州
2개 특별 행정구 (特別行政区)	홍콩 香港 (1997년 영국으로부터 귀속)	홍콩 香港		장시 江西省	난창 南昌
				산둥 山东省	지난 济南
	마카오 澳门 (1999년 포르투갈로부터 귀속)	마카오 澳门		허난 河南省	정저우 郑州
				후베이 湖北省	우한 武汉
	*타이완 台湾省	타이베이 台北		후난 湖南省	창사 长沙
				광둥 广东省	광저우 广州
				하이난 海南省	하이커우 海口
				쓰촨 四川省	청두 成都
				구이저우 贵州省	구이양 贵阳
				윈난 云南省	쿤밍 昆明
				산시 陕西省	시안 西安
				간쑤 甘肃省	란저우 兰州
				칭하이 青海省	시닝 西宁

*중국은 대만을 자국의 영토 중 하나로 간주하지만 대만은 스스로를 주권 국가라고 주장한다. 중국과 대만의 팽팽한 영토 분쟁은 2022년 현재도 계속되고 있다.

■ **TOP3. 영어, 수학**

• 외국인의 중국 명문 대학입시 과정: 1차 서류심사(HSK, 고등학

교 졸업증, 추천서) + **2차 필기시험**(중국어, 영어, 수학) + **3차 면접.**

- 중국어만 잘한다고 대학에 합격하는 것이 아니다. 중국어, 영어, 수학 고루 잘해야 한다. 특히 수학의 경우 주관식 비중이 높고, 우리나라와 달리 문제풀이 과정을 적어내야 한다. 그러나 겁먹지 말라! 난도가 높은 편이 아니다. 우리나라 고등교육 내용과 비슷하므로 유학 전 차근차근 꼼꼼히 준비해 놓는다면 큰 무리가 없을 것이다.

- 중국 학교에서 사용하는 교과서와 기출문제 중심으로 공부해 볼 것을 추천한다. 눈에 익히는 것만으로도 실제 유학 생활에 많은 도움이 된다.

*참고: 중국의 새 학기는 9월, 입학 서류전형은 3월~5월에 이루어짐.

중국
고등학교는
이게 달라!

2장

01

중국 교실에는 CCTV가 있다?

아니, 우리 반이 이렇게 명확하게 찍힌다고?
줄곧 내내 찍히고 있었다고?
순간 얼굴이 뜨거워졌다.

야간자습 시간, 국제부 고2 학급의 CCTV 화면

'누군가가 나의 모든 행동을 지켜보고 있다면?'

상상만으로도 섬뜩하지만 사실이다. 이곳 중국 고등학교의 각 교실 안에는 CCTV가 있다. 심지어 24시간 돌아가고 있다. CCTV 설치는 한국에서도 찬반 논란이 팽팽하게 맞서는 민감한 주제 중 하나이다. 교사들에게는 교권 침해, 학생들에게는 사생활, 표현의 자유 등을 침해한다는 우려 때문이다.

중국 내에서도 양측의 입장이 대립한다. 그러나 대체적인 분위기는 CCTV 설치에 긍정적인 편이다. 학생들 역시 생각보다 CCTV에 무딘 편이다. 이미 초·중학교를 거치며 교실 내 CCTV는 경험으로 익숙하다. 당연히 있어야 하는 것으로 받아들였기 때문에 이견이 없다.

그러나 문제는 외국인인 '나'였다. 교실 앞쪽에 CCTV가 있다는 것을 인지하고 있었지만 겁주기 위한 가짜 CCTV라고만 생각했던 탓에 크게 신경 쓰지 않았다. 학생들에게 진짜냐고 물어보아도 그 기록을 본 학생들은 없었기에 더 그렇게 생각했던 것 같다. '후훗, 모형 CCTV라니! 학교가 참 영리하네!'

그런데 어느 날! 교사 단체 위챗방(한국의 카카오톡 같은 메신저)에 반별로 야간자습 상황 CCTV 캡처 사진이 떡 하고 올라온 것이 아닌가! 아니, 우리 반이 이렇게 명확하게 찍힌다고? 줄곧 내내 찍히고 있었다고? 순간 얼굴이 뜨거워졌다.

이날 주임 선생님이 위챗에 사진을 공유한 목적은 야간 자습 시간 반별로 학생들의 학습 태도를 점검, 비교하기 위함이었다. 즉 어느 반이 불량한지를 확인하고 개선, 시정을 하려는 것. 이 사진을 확인하고 나서야 비로소 진짜 CCTV임이 판명 났다. 어머머. 그동안 수업에서 학생들에게 내가 했던 행동들이 순식간에 머리를 훑고 지나갔다. 단어를 설명하기 위한 몸치 댄스부터 과한 동작, 학생들에게 화내는 모습 등등의 장면이 우선 떠올랐다. 그리고 '혹시 내가 뭘 잘못한 게 있을까?'를 끊임없이 생각하게 했다. 내 모습을 누군가가 지켜보고 있었다고 생각하니 온몸이 오그라들었다. 다행히도 이 CCTV 기록은 책임 교사 외에는 열람할 수 없도록 되어 있다고 한다. 그럼에도 불구하고 CCTV의 존재는 여간 신경이 쓰이는 게 아니었다.

CCTV의 순기능

야간자습 감독이 있는 어느 날, 나는 학생에게 전달해 줄 노트가 있어 감독 중 잠시 교무실에 들렀다. 그런데 교무실 안에 처음 보는 낯선 남자가 두리번거리며 무언가를 찾고 있었다. 당시 나를 제외한 모든 선생님이 퇴근한 후라 교무실이 텅 비어 있었다. 저녁 9시쯤 되는 늦은 시간에 나타난 것도 이상한데, 교무실을 뱅뱅 돌며 물건을 찾는 모습이 참으로 수상했다.

"누구세요?"

나의 물음에 낯선 남자는 같은 학교 선생님이라고 대답했다. 곧이어 추궁하는 나의 질문에 그는 황급히 교무실을 떠나갔다. 순간 불안한 마음이 들어 바로 주임 선생님께 알렸다. 주임 선생님은 즉각 CCTV를 확인해 그 남자의 신원을 확인했다. 학생들의 안전과도 관련된 중요한 문제가 될 수 있기 때문이다. 그 결과, 다행히도 이전 국제부에 있었던 선생님임이 밝혀졌다. 마음이 한시름 놓았다. 어휴. 1년 전에 놓고 간 컵을 굳이 그 늦은 시간에 찾으러 온 건 또 뭐람. 그러나 CCTV의 긍정적 효과를 제대로 경험한 순간이다.

　나는 한국 교실 내 CCTV에 대해 줄곧 부정적으로 생각해온 사람이었다. 그러나 직접 경험해 보니 장점도 많은 것 같다. 특히 중국 고등학교는 오전 6시부터 저녁 10시까지 학생들의 모든 생활이 교실 내에서 이루어지기 때문에 교실 내 학생들 간의 갈등을 피할 수 없다. 이때 우발적 사고를 즉각 제지할 수 있다는 점에서 도움이 된다. 한편 면학 분위기 형성에도 일정 부분 효과를 보았다. 나는 수업활동이나 생활지도를 할 때 종종 학생들에게 CCTV의 존재를 상기시키곤 했다. 지속적으로 자신들의 행동이 촬영되고 있다는 경각심은 학생들의 집중력과 조심성을 끌어올렸다. 물론 교실에서 매일 16시간을 생활하는 학생들은 평소 CCTV의 존재 자체를 잊어버리기 때문에 지속적인 효과를 기대하기란 어렵다.

동시에 CCTV의 치명적인 단점은 학생뿐 아니라 교사도 감시 대상에서 피할 수 없다는 것이다. 은연중에 교사에게 행동을 조심하고, 수업방식에 신경을 쓰도록 독려하는 듯한 무언의 압박감이 있다. 특히 주임 선생님이 교사 단체방에 CCTV 사진을 올릴 때면 더 그런 마음이 들었다.

민주주의를 주창하고, 개인의 인권을 중요시 여기는 대한민국 국적을 가진 나로서는 사실 타율적 통제와 감시권 안에 들어간다는 것이 매우 불편한 일이다. 그러나 이곳은 사회주의 국가 아닌가. 개인의 SNS도 모두 검열당해야 하는 통제에 길들여져 있는 이곳에서 교실 CCTV는 그리 크게 문제 될 일이 아니다. 그동안 교실 CCTV 설치에 무조건 반대하는 입장이었는데, 이 통제를 경험해 본 결과 시각의 전환이 이루어졌다. 학교 교실 CCTV를 어떻게 바라봐야 할지에 대한 관건은 어떻게 활용하느냐에 달려 있다고 본다.

나는 오늘도 교실 내 CCTV의 힘을 빌려 학생들에게 그리고 나 자신에게 경각심의 종을 울려본다. 설사 CCTV가 없다 하더라도, 누군가가 지켜보고 있지 않다 하더라도, 각자 마음에 스스로를 감시하는 CCTV를 심어 놓자고. 그리고 가치 있는 너와 나의 멋진 기록을 남겨보자고.

02

중국 학생들의
체력 단련

세상에,
수업이 오전 6시부터라고요?

오전 6시, 아침 조깅 시간

새벽 5시 50분, 종이 울린다.

종소리에 놀란 학생들이 벌떡 일어난다. 지체할 시간이 없다. 일사불란하게 삼삼오오 운동장으로 몰려든다. 이들의 하루 중 첫 일과인 아침 조깅을 수행하기 위함이다. 단순한 체력증진을 위한 운동이 아니다. 정규 수업 중 하나이므로 열외란 있을 수 없다. 모두 집합하고 나면 새벽 6시. 6:05~6:15, 10분간 운동장 두 바퀴를 뛰어야 한다.

이때 각 반 담임 선생님도 학생들 대열 사이를 돌아다니며 출결 상황을 체크한다. 학생들은 이미 반듯하게 오와 열을 맞춰 서 있다. 지각하거나 결석하면 바로 티가 난다. 지각한 학생의 담임은 관리 못하는 선생님으로 낙인찍히고, 지각한 학생에게는 벌점이 부과된다. 아침부터 긴장의 기운이 흐른다. 이렇게 선생님들도 고단한 하루를 시작한다.

이미 학생들은 이 상황에 익숙한 지 자다가 뛰쳐나가 자기 자리를 잘도 찾아간다. 각 반 반장이 깃발을 들고 선두에 자리를 잡는다. 그 뒤로 그 반 학생들이 일사불란하게 질서를 만들어낸다. 이렇게 6천여 명의 전교생이 줄 맞춰 서면 준비 끝! 쉬창고등학교의 전교생은 약 6천 명가량으로 남(南), 북(北) 캠퍼스로 나누어져 있다. 운동장도 두 곳이다. 따라서 아침 조깅 시간 운동장 두 곳에는 6천여 명의 학생들이 원형으로 줄을 만들어낸다. 멀리서 보면 자로 잰 듯 반듯반듯하다.

삐리리릭~ 선생님의 호루라기 소리는 출발 신호이다. 이에 맞춰 학생들은 큰 소리로 구호를 외치며 발걸음을 뗀다.

"보폭을 맞춰, 구호와 함께, 명문 학교를 향해, 꿈을 향해! (跑齐步, 口号响, 上名校, 圆梦想!)"

운동장 두 바퀴를 다 돌 때까지 구호를 멈추지 않는다. 6천 명의 구호 소리가 어찌나 큰지 학교 건너편 내가 사는 아파트에까지 들린다. 그것도 아주 크게. 게다가 우리 학교와 1km 남짓 떨어진 곳에 또 다른 고등학교가 있는데, 새벽마다 이 학교 학생들의 소리까지 짬뽕 블루스. 덕분에 나는 아침 자습 감독이 없는 날에도 6시에 강제 기상을 당해서 괴로웠다.

성경에 기록된 철옹의 요새 여리고성이 백성들의 큰 함성에 의해 무너졌다는데, 감히 상상해 보건대 아마도 이런 모습 비슷하지 않았을까. 아침부터 쉬창 도시 전체가 흔들흔들거리는 느낌이다. 고요한 도시 쉬창, 새벽 4시쯤 저 멀리 들려오는 닭 울음소리에 1차 기상, 새벽 6시 학교 종소리에 2차 기상, 6시 5분 학생들의 함성에 완전한 기상을 하게 만든다. 다소 소란스럽지만 서울에서는 쉬이 느끼지 못하는 정겨운 아침 소리이다.

1년 365일, 멈추지 않아 네버 스톱!

1년 365일, 학생들의 아침 조깅은 계속된다. 물론 예외인

날도 있다. 눈이나 비가 와서 운동장이 미끄러운 경우 학생들의 안전을 우려하여 뛰지 않는다. 이 경우를 제외하고는 무더운 한 여름에도, 시린 한 겨울에도 학생들은 매일 새벽 6시 05분, 어김없이 달린다.

체력 단련은 여기에서 그치지 않는다. 오전 10시에 한 번 더 있다. 보통 수업 후 쉬는 시간은 10분이다. 단, 예외가 있다. 3교시가 끝나는 10시부터 따커지엔(大课间)이라고 하는 25분의 긴 쉬는 시간이 주어진다. 그저 쉴 수 있는 시간은 아니다. 파오차오(跑操)라는 체력 단련 시간이다. 정확히 10시, 띠르르르르릉~ 노래로 구성된 보통의 쉬는 시간 종과는 달리 듣기 싫은 기계 알림음이 귀를 따갑게 한다. 학생들이 운동장에 집합해야 함을 알리는 종이다.

전교생은 열외 없이 10시 종소리와 함께 운동장으로 뛰쳐나간다. 이때 각 학년의 체육 교과 선생님들은 교실을 순회하며 낙오된 학생이 없는지 확인하고, 학생들을 재촉해 운동장으로 내보낸다. 단 한 명도 교실에 있어서는 안 된다. 학생들은 열과 오를 맞춰서 다시 운동장에 선다. 25분 쉬는 시간 동안 새벽 조깅과 동일하게 반별로 구령에 맞춰 운동장 두 바퀴를 뛴다. 그리고 다시 교실로 돌아오면 10시 25분부터 칼같이 4교시 수업이 시작된다.

25분이라는 짧은 시간 안에 6천여 명을 전부 통솔해 달리기를 시키고 다시 4교시 수업 전에 교실로 돌아올 수 있을까 염려되지 않는가? 놀랍게도 가능하다. 4교시 수업에 절대 늦는 법이 없다. 학생들은 이미 이런 시스템에 체화된 모양이다. 여유까지 부리며 교실에 들어오는 걸 보면 말이다. 이것이 중국이다. 고도의 훈련된 기술에 있어서는 대적할 자가 없다.

하루 종일 앉아서 공부만 해야 하는 학생들의 신체 건강을 결코 간과해서는 안 된다. 강제로라도 강행해야 하는 이유이다. 하지만 한 겨울, 새벽 6시를 상상해 보라! 극심한 추위, 칠흑 같은 어두움, 이불을 걷어차고 침대 밖으로 나오는 것조차 힘겨울 때가 많다. 그 와중에 운동장까

눈이 오는 겨울 새벽 5시 30분, 전동차로 출근하는 모습

지 뛰어야 하는 그 고됨은 아마 당신이 무엇을 상상하든 상상 그 이상일 것이다.

03
중국 고등학생의
군사훈련

왜
학교 수업 시간에
고등학생이 군복을 입고 훈련을 받아요?

쉬창고등학교 군사훈련 개막식

9월의 어느 날, 쉬창고등학교 운동장에는 시종일관 엄숙함과 긴장감만 감돌았다. 군사훈련 개막식을 거행 중이었다. 중국 학생 체력 단련의 꽃! 바로 군사훈련이다. 공립 고등학교에는 군사훈련(军训) 과목이 따로 개설되어 있다. 몸과 마음을 건강하게 한다는 취지의 수업이다. 학생들에게 웬 군사훈련? 인가 싶지만, 중국 학생들에게는 낯설지 않다. 중국 학생들이 반드시 받아야 할 중국의 국방교육이자 미래 인재 양성을 위한 중요한 훈련 중 하나이다.

중국의 군사훈련은 1955년 중국의 '병역법'이 제정된 이후 현재까지 무려 68년의 역사와 전통으로 이어져오고 있다. 고등학생뿐만 아니라 초·중·대학생도 모두 받아야 한다. 상하이 어느 곳에서는 유치원생도 훈련에 참여시키는 것을 본 적이 있다. 우리나라에도 내가 고등학생이었던 90년대에 이와 비슷한 '교련'이라는 정규과목이 있었다. 주로 교실 내에서 응급처치나 붕대 마는 법 등 안전교육 위주의 수업이 이루어졌던 것으로 기억한다. 그러나 중국 학생들의 군사훈련은 우리나라 고등학교의 과거 교련 과목과는 차원이 다르다. 훈련 내용부터 복장, 자세까지 우리나라의 신병과 비슷한 수준에 이르기 때문이다.

누가 훈련을 받을까?
훈련 대상은 고등학교에 막 입학한 새내기들이다. 2천여 명의 신입생들은 '고등학교'라는 낯선 환경에 적응할 새도 없이 훈련에 참여한다. 월요일부터 일요일까지 일주일 동안 다른 수업은 없고, 오전부터 저녁까지 주야장천 군사훈련만 받는다. 이때 학교로 훈련 교관들이 배치된다. 주로 현역이나 예비역, 퇴역 군인들이다. 이들은 일주일 동안 신입생들의 육체와 정신을 지배하며 '리얼 동고동락'을 시작한다.

군복을 제대로 갖춰 입고 군인 모자까지 푹 눌러쓴 학생들, 영락없는 군인의 모습이 연출된다. 허리를 꼿꼿이 세운 경직된 자세, 햇볕에 그을린 15세 소년·소녀의 앳된 얼굴. 가만히 보고 있자니 한편으로는 짠한 마음이 든다.

어떤 훈련을 받을까?

낯선 광경에 나의 시선이 오래도록 머물렀다. 학생들은 대부분 한 자세를 오랫동안 취하는 훈련을 반복하고 있었다. 대략 1시간쯤 지났을까. 이른 점심을 먹고 왔는데 허억! 그 자세 그대로 있었다. 보기만 해도 내 다리에 쥐가 오는 듯했다. 분위기는 또 얼마나 삼엄한지. 학생들을 주시하는 교관들의 눈빛은 그야말로 학생들을 뚫을 기세다. 이 와중에 잔꾀를 부릴 만한 대담함을 가진 학생은 없어 보였다. 차렷, 경례, 열중쉬어, 좌향좌, 우향우, 뒤로 돌아, 앉아, 꿇어앉아, 휴식 자세(휴식 자세도 정해진 여러 자세가 있다) 등등을 반복한다. 그리고 대열에 맞춰 앞으로 혹은 뒤로 직각 이동, 걷기, 뛰기 등의 기초 동작을 한다.

신입생들의 군사훈련, 운동장 뛰기

　우리나라에서 90년대 중, 고등학교를 다닌 세대라면 기억할지 모르겠다. 월요일마다 전교생이 운동장에서 조회를 했던 그때를. 교장 선생님의 훈화 말씀이 있기 전 '좌향좌', '우향우', '뒤로 돌아'를 영문도 모른 채 반복해야 했던 그때를. 그래도 그때는 길어야 1시간이었다. 하지만 이곳 고등학생들은 일주일 동안 하루 10시간 이상을 훈련한다. 상상해 보라. 정신줄을 붙잡지 않는다면 불가능하다.

　이 학교에서는 실시하지 않았지만, 군사훈련 내용 중에는 내무부 정리(각 잡아 이불 개기, 실내 물품 정리 정돈하기)도 포함되어 있다고 한다. 국방 지식 강좌의 이론 수업도 빠질 수 없다.

체력 단련 그 이상의 의미

사실 학생들의 군사훈련은 내가 상상했던 모습과 조금 달랐다. '군사'라는 단어가 주는 묵직함이 있지 않은가! 또한 대한민국 군대를 전역한 남사친들이 풀어놓은 과장된 군생활 썰들로 나의 머릿속 군사훈련은 동적인 이미지로 각인되었다. 총을 지니고, 높은 곳에서 뛰어내리고, 적들과 싸우는 등의 훈련 말이다. 그러나 이곳 중국 고등학생들의 군사훈련은 무기를 다루는 등의 특별한 군사 기술을 가르치는 것이 아니었다. 제식, 기초 훈련이 전부였다. 이 대목에서 중국 학생에게 요구되는 군사훈련이란, 기초 체력 단련과 정신 수련의 과정임을 알 수 있었다.

2021년 9월 말, 쉬창은 야속하게도 일주일 내내 비가 내렸다. 으슬으슬한 추운 날씨가 계속되었다. 이쯤 되면 훈련 기간을 날씨에 맞춰 앞당기거나 미룰 만도 한데. 역시나 굴하지 않고 포기하지 않는 군인정신을 배우는데 날씨의 궂음도 예외는 아닌가 보다. 학생들은 온몸으로 비바람을 맞아가며 아침 자습 시간부터 야간자습 시간까지 토요일, 일요일에도 훈련을 계속했다. 하루 종일 운동장에 서 있는 학생들을 바라보며 안쓰러워 죽을 뻔했다.

애틋한 동기애와 전우애

드디어 훈련 마지막 날! 폐막식 준비가 한창이다. 이때 군사훈련의 꽃인 열병식(閱兵式)도 함께 진행되었다. 학생들이 일주일간 훈련한 것들을 선보이는 의식이다. 일주일의 훈련은 바로 이날을 위함이라고 해도 과언이 아닐 정도로 열병식은 매우 중요하다. 그래서 마지막 날은 이른 아침부터 열병식 리허설만 반복한다. 이때 훈련 중 가장 우수한 학생 몇몇을 선발하여 기수(旗手)를 맡게 한다. 기수는 선두에서 다른 학생들을 이끌며 그동안 배운 제식을 선보인다. 2천여 명의 학생 대열은 조금의 흐트러짐도 없다. 왼발 오른발 왼발 오른발, 발을 맞추어 걷는 동작 역시 흘러나오는 군악대 음악 템포와 딱딱 맞아떨어진다. 이렇게 절도 있는 학생들의 칼 대열을 보니 학생들이 지난 일주일간 얼마나 발바닥에 불나게 연습했는지가 보인다.

폐막식을 기점으로 신입생들의 공식적인 군사훈련 수업은 드디어 끝이다. 곧이어 운동장을 꽉 채우는 신나는 음악들이 흘러나오기 시작한다. 둠칫 두둠칫~ 뱅뱅뱅↗↗나나나↘↘ 엉덩이를 들썩이지 않고는 배길 수 없는 템포이다. 고된 일정에 지친 학생들의 심신을 위로하고자 하는 학교 측의 배려이다.

순식간에 고통의 장소가 축제의 장으로 바뀐다. 서로 쭈뼛쭈뼛 눈치만 보던 학생들, '에라 모르겠다~' 운동장을 무대로 하나둘씩 일어나 무아지경 춤을 춘다. 이렇게 신나는데 어떻게 몸을 안 흔들 수가 있겠어! 한껏 긴장했던 온몸을 풀어본다. 신나는 흥에 K팝도 빠질 수 없다.

군사훈련이 끝난 후 뒤풀이 현장

　훈련 내내 좀처럼 웃음을 보이지 않았던 호랑이 교관들도 이날만큼은 무장해제된다. 학생들의 이목을 끄는 우스꽝스러운 춤으로 그들을 열광하게 한다. 이렇게 깔깔대고 웃으며 신입생들은 일주일간 함께했던 동기와의 애틋한 전우애(?)로 그들 인생의 첫 번째 관문을 통과한다.

　군사훈련의 참된 가치
　어떤 시각에서는 학생들의 군사훈련이 쓸모없는 가혹한 교육이라고 비판한다. 그러나 쓸모없어 보이는 이 교육방식이 마냥 쓸모없기만 한 건 아니다. 요즘 학생들은 안일하고 쾌적한 환경에서 성장해 끈기와 인내심이 매우 부족한 편이다. 좌절에 대처하는 능력도 떨어져서 심리적 장애로까지 이어져 고통받는 청소년들이 적지 않다. 이들에게 고등학생이라는 신분의 변화와 함께 느닷없이 찾아와 겪어내야 하는 군사훈련. 이것은 분명 극에 달하는 신체적, 정신적 고통이지만 일정 부분 행동 규율에 영향을 준다는 데는 의심할 여지가 없다. 어려움에 직면하고자 하는 정신과 도전할 수 있는 용기, 더불어 3년간 함께 해야 할 동기와의 단결 및 학우애까지. 이러나저러나 健身健神(건신건신), 건강한 몸에 건강한 정신이 깃든다는 말은 아무리 강조해도 지나치지 않다.

04
중국 고등학생
24시

나는 학생들의 대학입시까지의
하루하루를 기억한다.
밤낮으로 달려온 학생들의 노력과
때론 불안함에 잠 못 이루던 날들,
조바심의 한복판에서 품어야 했던 막연한 희망.
이 모든 것이 이들의 인생을 더욱 단단하게,
그리고 빛나게 만들어주길 진심으로 기원한다.

새벽 5시 52분, 등교하는 학생들

오전 6시, 체력 단련을 시작으로 쉴 틈 없이 일정이 몰아친다. 학생들은 오전 조깅을 마치고 서둘러 교실로 돌아온다. 6시 15분부터 7시까지 45분간 아침 자습 시간이다. 학생들은 모두 자리에서 일어나거나 복도에 자리를 잡고 선다. 야간자습과는 달리 아침 자습에는 중얼중얼 소리 내서 책을 읽는다. 이 때문에 자습이라기보다는 '자오두(早读, 아침 읽기)'라고 불린다. 주로 중국어(어문)나 영어 등의 암기 과목을 외운다. 한국 학교에서는 볼 수 없는 풍경이다.

아침 읽기 시간에 책상에 엎드려 자거나 앉아서 조는 학생은 단 한 명도 없다. 절대 허용하지 않는다. 반마다 아침 읽기 감독 선생님이 배정되어 게으름 피우는 학생들을 제지한다. 아침 6시 15분부터 큰 소리로 책을 읽어야 하니 얼마나 피곤하겠나. 나 역시도 가장 적응하기 힘들었던 근무가 바로 아침 읽기 감독이었다. 일주일에 두 번은 꼭 배정되어 새벽 출근을 해야 했다. 여름에는 그나마 괜찮았다. 하지만 추운 겨울, 동이 트기 전 새벽 5시 뜨끈한 전기장판에서 벗어나기란 여간 어려운 일이 아니었다.

7시. 뜨르르르르릉~ 아침 읽기가 끝났음을 알리는 요란한 종소리가 귀를 파고든다. 학생들은 삼삼오오 아침을 먹기 위해 교내 학생 식당으로 이동한다. 아침 식사를 위해 주어진 시간은 단 30분. 간단히 배를 채우고 7시 30분까지 교실로 돌아와야 한다. 7시 30분에는 담임 선생님의 조례가 있다. 그러고는 곧바로 1교시 수업 준비를 한다.

1교시부터 점심시간까지

7시 40분. 1교시가 시작된다. 중국의 수업 시간 구성은 보통 40분, 45분, 50분으로 학교마다 다르다. 쉬창고등학교는 40분 수업이다. 7시 40분~8시 20분, 1교시 후 10분 휴식, 8시 30분~09시 10분, 2교시 후 10분 휴식, 이렇게 오전은 수업 4교시와 자습 1교시, 총 5교시가 있다. 3교시 오전 자습과 4교시 사이에는 25분간 체력 단련 시간이 주어지고, 10시 25분부터 4교시 수업이 시작된다. 11시 55분. 오전 수업의 마지막 5교시가 끝이 난다.

드디어 점심시간이다. 한국과 크게 다른 점은 중국 학교의 점심시간이 2시간 이상으로 매우 길다는 것이다. 하계 점심시간은 11시 55분~14시 20분, 동계는 11시 50분~14시 10분이다. 점심시간이 유독 긴 이유는 중국 학생들에겐 낮잠시간(午睡)이 주어지기 때문이다. 학교에서 낮잠이라니, 부럽다는 생각이 드는가? 실상은 고달프다. 중국은 수업이 밤늦게까지 이어진다. 하루 일정을 소화해 내려면 중간에 체력 보충을 해야만 하기 때문에 학생들은 점심을 먹고 오후 수업 전까지 낮잠을 잔다. 이때 기숙사로 돌아가거나 교실 책상에 엎드려 잘 수 있다. 보통 하루 중 야간자습이 끝나는 시간까지 학생들의 기숙사 출입이 제한되지만 점심시간만큼은 개방해 준다.

6교시부터 야간자습까지

이제 고작 하루의 반이 지났다. 막 잠이 든 학생들을 일으켜 오후 수업인 6교시를 시작한다. 오전 수업과 마찬가지로 40분 수업, 10분 휴식으로 9교시까지 있다. 18시에 오후 수업이 끝난다.

다시 저녁 식사 시간. 아침, 점심과 마찬가지로 학생들은 학생 식당에서 저녁을 먹는다. 수업이 여기서 끝이 아니다. 18시 40분까지 교실로 돌아와야 한다. 곧 야간자습이 시작되기 때문이다.

야간자습은 총 4교시로 나뉜다. 18시 40분~21시 50분(동계), 18시 50분~22시(하계)까지 이루어진다. 야간자습의 앞 2교시는 대부분 선생님의 강의가, 나머지 2교시는 자습이 진행되기 때문에 온전한 자습이라고 할 수는 없겠다. 야간자습 4교시까지 끝나면 비로소 정규 수업의 끝, 곧 하루의 끝이다.

지칠 대로 지친 학생들은 서둘러 기숙사로 입실한다. 기숙사는 정확히 22:20에 소등한다. 학생들은 20분 만에 기숙사로 돌아와 씻고 잘 준비를 마쳐야 한다. 그런데 이마저도 잠 못 드는 밤이 지속된다. 다음 날 아침까지 해야 할 임무가 주어지기 때문이다. 학생들은 소등된 컴컴한 기숙사 방에서 작은 불빛에 의지해 책을 본다.

길고 긴 하루

참으로 길고 긴 하루다. 계산해 보면 중국 학생들은 하루에 14교시의 학교 수업을 해내고 있음을 알 수 있다. 월요일부터 금요일까지는 새벽 6시부터 저녁 10시까지, 토요일은 새벽 6시부터 오후 4시까지 수업이 계속된다.

토요일 포함 평일에는 학생들이 기숙사 생활을 한다. 평일에 학교 밖을 나갈 수 없기 때문에 수업 시간을 땡땡이친다거나 임의로 조퇴하는 일은 거의 없다. 교문은 항상 굳게 닫혀 있고 경비원이 24시간 상주하고 있다. 특별한 사유가 있는 경우에 담임 선생님으로부터 외출증을 받아 외출이 가능하다. 그러나 중국 고등학교에선 입시 공부 외에 더 특별한 사유가 존재하기 쉽지 않다.

이처럼 빡빡한 하루에도 학생들은 초, 중학생부터 습관이 되어 있는지 힘겨워하면서도 잘 소화해낸다. 선생님들도 당연히 학생들의 시간표에 따라 움직인다. 그만큼 선생님들도 학생들을 위해 매일매일을 치열하게 보낸다. 물론 중국 선생님들은 자신의 학창 시절 또한 그러했기 때문에 이미 단단히 습관이 되어 있어 있는 듯 보였다. 도리어 내가 일정 기간 부적응자처럼 살았던 것 같다. 저질 체력인 내가 저녁 10시까지 자습 감독을 하고 다음 날 1교시 수업을 하는 것은 도무지 적응하기 힘든 일이었다. 이 순간만큼은 오후 4시 반이면 모두 하교해 퇴근하는 한국의 학교가 그리워지는 순간이다.

학생들의 자유시간

학생들에게 주어지는 자유시간은 없는 걸까? 있다. 토요일 오후이다. 학생들이 손꼽아 기다리는 시간이다. 토요일 오후 4시, 여느 때와 달리 종이 대차고 길게 울려 퍼진다. 일주일의 모든 수업이 끝났음을 알리는 종이다. 학생들이 교문 밖을 나가 집에 돌아갈 수 있는 유일한 시간이다. 그러나 마냥 좋을 수만은 없다. 고작 하루를 집에서 보내고 일요일 저녁 6시까지 다시 학교로 돌아와야 하기 때문이다. 일요일 오후 6시 야간자습을 시작으로 일주일의 정규 수업이 시작된다. 다시 말해 학생들은 일주일 중 토요일 오후 4시부터 일요일 오후 5시까지만 집에서 쉴 수 있다. 그러나 이 시간도 온전히 쉴 수 있는 시간이 아니다. 하루 동안 해야 할 어마어마한 양의 과제가 주어지기 때문이다. 학생들은 집으로 돌아가 쉴 수 있는 단 하루의 시간도 과제를 해내느라 정신이 없다. 늘 시간에 쫓기며 시간으로 매 맞고 있다.

처음에는 이런 중국 고등학교의 시간표를 받아 보고 매우 싫어했다. 시간의 짜임이 비합리적으로 보이기도 하고, 한편으로는 학생들을 시간으로 학대하는 것 같이 느껴졌다. 빛나는 10대 청춘, 가장 뜨거운 시기 아닌가! 밝은 에너지를 뿜어내야 할 고등학생들이 어쩐지 우울하고 하루 종일 피곤에 절어 있다. 하늘 한 번 쳐다볼 여유 없이 학창 시절을 온통 공부와 입시로만 물들이는 게 안타까웠다. 그리고 나 또한 교사로서 사회주의 체제하에 그것을 강요하는 학교 시스템에 애석한 마음이 들었다. 대한민국 학교 현장이라고 다를 게 없을 터. 중국과는 반대로 한국의 학교 시스템은 너무 민주적이어서 통제가 안 되는 치명적인 단점이 있다. 어느 곳에나 일장일단(一長一短)이 있다.

다른 시각에서 보면, 고군분투하는 이들의 모습에서 우리나라의 지난날이 투영된다. 6·25전쟁 이후 최빈민국에서 눈부신 경제 발전을 이룩한 대한민국. 국력을 키우기 위하여, 국민의 잘 먹고 잘 사는 삶에 대한 욕망으로 새마을 운동이 전국 방방곡곡에 부흥하며 희생을 불살랐던 70년대. 덕분에 가파른 성장을 거듭하며 2022년 우리나라는 과학, 경제, 문화예술 등등 여러 분야에서 선진국 반열에 들어섰다.

우리나라의 과거가 그러했던 것처럼 현재 중국이 가장 주목하는 현안은 '샤오캉(小康) 사회'이다. 1단계로 먹고사는 문제인 원바오(溫飽)를 해결하는 것. 2단계로 의식주를 걱정하지 않아도 되는 물질적으로 안락한 사회, 소득격차를 줄여 중위 소득자의 비중을 확대하는 것. 3단계로 1인당 GDP를 선진국 수준에까지 끌어올려 인민의 생활을 고루 풍요하게 만들고 사회, 문화, 정치 등 전면적으로 현대화 강국을 이루는 것이다.

중국은 현재 마지막 단계로 가기 위한 긴 여정 속에 있다. 비록 이 여정이 우리에게는 고루하게 보일지라도 중국의 무한한 가능성은 여전히 진행 중임을 우리가 알아야 한다. 그렇기에 중국의 미래는 중국의 청소년들에게 달려있다. 이들이 이토록 교육에 열을 올리는 이유이다.

째깍째깍. 오늘도 중국의 24시는 학생들로 하여금 세계 정상에 올라서기를 재촉하며 교실의 불은 늦게까지 꺼지지 않고, 동트기 전의 중국을 밝히고 있다.

공장처럼 돌아가는
입시 특화 고등학교

우리는 이미 알고 있다.
무조건 스파르타식 학교에 보내 놓는다고,
무조건 오래 앉혀 놓는다고
능률이 오르는 게 아니라는 것을.
짧은 시간이라도 영혼을 갈아 넣는 집중력이 있어야 한다는 것을.
따라서 우리는 시간의 질음을 더 강조해야 한다는 것을.

일반부 학생들의 온라인 수업, 온라인 수업에도 딴짓을 하거나 조는 학생들이 없다

이곳의 학생들이 공부에 들이는 시간은 그 누구도 서럽지 않을 만큼의 양이다. 인풋(input) 대비 아웃풋(output)은 어떨까? 인정하기 싫지만 일부 지역에선 대단한 위력을 발휘하고 있다. 한 예로 허베이성(河北省)에 헝쉐이(衡水)라는 지역이 있다. 이 지역은 허베이성 내에서도 경제적으로 낙후된 도시에 속한다. 교육 환경 및 생활수준 역시 비교적 낮은 도시이다. 그런데 이러한 환경에서도 전국에서 가장 높은 명문 대학 합격률로 이름을 날리는 한 학교가 있다. 바로 헝쉐이(衡水)고등학교이다.

헝쉐이고등학교는 매년 허베이성에서 까오카오(高考: 대학 수학능력시험)의 수석 합격자를 배출하는 놀라운 기록을 세우고 있다. 또한 중국의 명문 대학인 베이징대나 칭화대에 진학하는 인원도 전국 고등학교 중에서 두 번째로 많다. 이 합격률은 기적을 뛰어넘어 기이한 일과도 같다.

한국으로 비유해 보겠다. 잘 알려지지 않은 지방 도시, 예를 들어 울산의 울주군 어느 한 고등학교가 있다고 가정하자. 이 학교에서 매년 서울대 수석 합격자가 나오고 SKY 대학에 진학하는 학생 수가 전국 2위를 차지한다면, 이상하지 않은가?

이렇다 보니 학부모들은 수단과 방법을 가리지 않고 자기 자녀를 헝쉐이고등학교에 입학시키기 위해 애를 쓴다. 중국 전역의 많은 학교에서는 앞다퉈 헝쉐이고등학교의 교육 모델을 참관하기 위해 학교를 방문한다. 중국 내에서 헝쉐이고등학교는 그야말로 '교육의 성지(聖地)'로 불린다. 벤치마킹하기 위해 전국 각지에서 몰리는 인파가 가난한 헝쉐이 지역의 관광업을 이끌었다고 할 정도이다. 명문 대학을 향한 대단한 욕망은 중국이 한국보다 더하면 더했지 전혀 덜해 보이지 않는다. 대한민국도 교육열이 세계에서 둘째가라면 서러운 나라인데 말이다.

알려지지 않은 비밀

그러나 높은 입학률 뒤엔 가슴 아픈 비밀이 숨겨져 있다. 일명 '격정(激情) 교육'이라고 불리는 '헝쉐이식' 교육방식은 중국 내에서도 회자될 만큼 강도 높은 입시 몰입 교육을 학생들에게 적용하고 있다. 스파르타식 학사관리인 셈이다. 학교는 마치 공장에서 제품을 생산해 내는 것과 같이 찍어내듯 학생을 공부시킨다. 엄격한 규율, 분 단위로 쪼개져 있는 빈틈없는 시간표 관리, 강압적인 학습 분위기를 조성한다. 100% 기숙사 거주로 운영하여 엄격하고 혹독하게 학생을 통제하고 압박한다. 규율과 원칙이라는 명목하에 학생들을 입시 병기로 길들여 나가는 것이다. 일각에서는 교도소식 교육 방법이라고 조롱하기도 한다.

이를 둘러싸고 어떤 이들은 헝쉐이 교육 모델이 진정한 교육의 전형이라고 말한다. 또 다른 이들은 기형적인 교육이라고 비판한다. 학교가 학생들을 쥐어짜는 시험 공장으로 바뀌고 학생들은 특정한 공정에 의해 만들어지는 제품에 불과하다고 한탄한다. 그러나 중국에서는 여전히 명문대 지상주의가 지배적이다. 중국 내 많은 학교, 학생, 학부모들은 헝쉐이고등학교가 '고등학교 입시 공장'이라고 인정하면서도 이 학교를 나와야 진짜 공장에 들어가지 않게 된다고 믿는다. 이들의 신념이 '헝쉐이식' 학교를 존속할 수 있게 하는 것이다.

닮은꼴 시간표

어쩐지 이곳 쉬창고등학교의 24시간도 '헝쉐이식' 교육 모델과 매우 닮아있다. 무지막지한 격정의 하루하루로 학교는 고된 노동의 현장이다. 오직 명문 대학 합격만이 성공이라고 치부해 인성 교육은 뒷전, 내 옆에 앉은 친구는 그저 내가 이겨야 할 경쟁 대상으로 여기며 살아간다. 물론 이러한 교육방식이 자기 절제력이 떨어지는 학생들에게 혹은 대학입시라는 길에서 헤매고 있는 학생들에게 도움이 될 수 있는지는 모르겠다.

그러나 교육이 입시만을 위해 존재하는 것은 아닐 것이다. 적어도 학교는, 학생들이 오늘은 크리에이터가, 내일은 외교관이, 온갖 변덕을 부리면서 다양한 가능성을 꿈꿀 수 있도록 다채로운 환경을 만들어줘야 한다고 생각한다. 또한 인생의 배움터인 학교는 지식뿐 아니라 학생들의 내면세계도 가꿔줄 수 있어야 한다. 공동체 혹은 타인과 함께 더불어 살아가는 성숙한 인간으로 성장할 수 있도록 도와야 한다. 청소년 시기, 학교가 아니면 어느 곳에서 이것들을 배울 수 있단 말인가! 배움의 순간은 이토록 아름답고 찬란한데, 잿빛 가득한 글자 속 풀지 못한 문제들로 휘감긴 학생들…….

우리 학생들에게 꿈이 무엇이냐고 물으면 단번에 없다고 답한다. 그럼 최근 행복했던 일이 무엇이냐 물으면 그저 주말에 잠잔 것이라고 답한다. 대학입시라는 단 하나의 목표만 설정해 놓고 그 외의 개별적인 능력과 창의력은 허용하지 않는다. 그러니 이들의 꿈은 사장(死藏) 될 수밖에. 매년 까오카오를 앞두고 고3 건물에서는 학생이 뛰어내리는 불행한 사고가 발생한다. 살벌하다 못해 살기가 느껴지는 참으로 안타까운 학교 현실이다.

주목해야 할 새로운 기록
중국의 많은 고등학교에서 '헝쉐이식' 교육방식을 고집하지만, 그렇다고 헝쉐이고등학교와 같은 성과를 내고 있지는 않다. 이곳 쉬창고의 시간표도 헝쉐이고와 매우 흡사하지만 베이징대, 칭화대 합격률은 0.5~1% 미만에 불과하다.

최근 몇 년간 허베이성의 스자좡제2고등학교(石家庄第二中学)는 헝쉐이고를 뛰어넘는 까오카오 600점 이상의 학생을 많이 배출하고 있다. 다시 말해 허베이성의 까오카오 고 득점자가 더 이상 헝쉐이고등학교의 독점이 아닌 다른 고 등학교에서도 나오고 있는 것이다. 이 기록을 우리는 눈여 겨볼 필요가 있다. 왜냐하면 스자좡제2고등학교(石家庄第二 中学)는 '헝쉐이식'의 교육 모델을 적용하고 있지 않기 때문 이다. 엄격한 관리 감독이 없고 학생들에게 비교적 교과 외 의 자유로운 시간을 허용한다. 하지만 최고의 성과를 내고 있다.

엉덩이로 공부한다는 말에 대한 반증이다. 이 과정을 지 나온 우리는 이미 알고 있다. 무조건 스파르타식 학교에 보 내 놓는다고, 무조건 오래 앉혀 놓는다고 능률이 오르는 게 아니라는 것을. 짧은 시간이라도 영혼을 갈아 넣는 집중력 이 있어야 한다는 것을. 따라서 우리는 시간의 짙음을 더 강 조해야 한다는 것을.

06

중국 학생들은
왜
체육복만 입어요?

중국 학생들의
애정을 듬뿍 받는
체육복의 대세

쉬창고등학교 개학식, 교복(=체육복)을 갖춰 입고 모인 학생들

중국 청춘 드라마나 영화를 접해 본 사람이라면 중국 학생들이 자주 체육복을 입고 등장하는 모습을 본 적이 있을 것이다. 예쁜 교복도 있는데 왜 하필 체육복만 입고 다니는지 의아하기도 했을 터.

　내가 이 학교로 부임하여 학생들과 첫 대면을 할 때도 내 눈을 사로잡았던 것은 바로 학생들이 입고 있는 '체육복'이었다. 비교적 큰 학교 행사로 꼽히는 대학입시 설명회가 한창 진행 중이었다. 대강당에 모인 학생들은 모두 체육복을 입고 있었다. 나는 '체육복'이 바로 중국의 교복(校服)이라는 사실을 알고 무척 놀랐다. 한국에서 체육 시간에 입는 체육복을 떠올리면 그 이미지와 비슷하겠다. 정장 교복과 체육 시간에 입는 체육복을 구분하는 우리나라 학생들에게는 다소 생소할 수 있다.

　중국 교복이 처음부터 체육복이었던 것은 아니었다. 1920년대 최초 교복은 제복식이었다. 1930년대 치파오(旗袍: 중국 전통 의상) 스타일의 교복을 거쳐 1960~70년대 군사적 요소가 가미된 개량된 군복 교복으로 변천되었다. 그러다가 1980년대 개혁개방 이후부터 각양각색의 교복이 도입되었고, 1990년대에 이르러 비로소 지금의 교복 형태인 '체육복' 스타일로 통일되었다. 현재 대다수의 중국 학교는 체육복 교복을 채택하고 있다.

　물론 일부 사립학교나 국제 학교, 예술 학교 등의 특수한 학교는 한국의 교복 형태와 비슷한 예복(礼服)을 입기도 한다. 이곳 쉬창에도 한국식 교복을 입는 유일한 학교가 있다. 쉬창제3고등학교로 주로 예술을 공부하는 학생들이 포진해있는 학교이다. 이 학교는 이례적으로 2010년 '한국식 교복'을 도입하였다. 여학생들은 체크무늬 치마와 흰색 줄무늬가 들어간 검은색 상의에 흰 블라우스를 입는다. 남학생들 역시 와이셔츠에 넥타이를 매고, 흰색 줄무늬가 들어간 검은색 상의와 바지를 입는다. 우리나라의 교복 형태와 비슷하다. 그러나 이러한 학교를 제외한 나머지 학교는 체육복 교복이 일반적이다.

중국 학교의 독특한 문화

중국 대다수의 초·중·고등학교에서는 체육복 스타일의 교복을 고집한다. 중국 학교의 독특한 문화라고 할 수 있다. 교복 색깔은 주로 파란색, 검은색, 빨간색 바탕에 흰색이나 노란색으로 부분 디자인되어있다. 체육복이 달라봐야 얼마나 다르겠나. 멀리서 보면 학교마다 비슷비슷하여 구분이 잘 안된다.

한편 중국 길거리를 걷다 보면 체육복 교복을 입고 목에는 훙링진(红领巾, 붉은 스카프)을 맨 학생들을 자주 만나게 된다. 어떤 학생들이 매고 다니는 것인지, 혹은 왜 붉은 스카프인지 궁금한 적이 없었는가? 훙링진은 국가에 충성한다는 의미로, 중국 소년선봉대의 상징이다. 따라서 초등학생은 의무적으로 착용해야 한다. 하지만 중학생, 즉 만 14세 이상부터는 더 이상 소년선봉대가 아닌 중국 공산주의 청년단(中国共产主义青年团)의 소속이 된다. 따라서 통상적으로 중, 고등학생은 훙링진을 착용하지 않는다.

사계절 내내 체육복

중국 고등학생의 교복(=체육복)은 춘추복, 하복, 동복, 군사복으로 나뉜다. 춘추복/동복은 긴소매/긴 바지/점퍼로 옷의 두께만 조금 차이가 있을 뿐 디자인은 같다. 하복은 반소매/긴 바지로 구성된다. 매우 단출하다. 군사복은 군복 디자인의 상의/하의/벨트/모자로 구성된다. 고등학교 입학 후 신입생들이 일주일간 군사훈련을 받을 때를 제외하고 졸업 때까지 다시 꺼내 입을 일이 없다. 학생들은 사시사철 체육복을 입고 등교한다. 수업 시간이나 체육 시간 구분 없이 모두 '단벌 신사'로 고등학교 3년을 보낸다.

쉬창고등학교 교복 춘추복

하복 상의

동복 상의

체육복 교복의 실용성

얼핏 보기엔 체육복 교복이 촌스럽다고 할지 모르겠다. 사계절 동안 학생들을 지켜본 바로는 여러 가지 측면에서 장점이 있는 듯하다. 가장 큰 장점으로는 단연 실용성이다. 남녀 구분이 없는 전형적인 운동복 소재의 옷이다 보니 움직임이 매우 자유롭다. 기동성이 뛰어나고 땀 흡수도 잘 된다. 또한 체육 시간을 위해 옷을 갈아입어야 할 필요도 없다. 앞서 중국 학생들의 체력 단련에 대해 소개한 바 있다. 중국 학생들은 오전 6시, 오전 10시, 체육 과목 시간 등 매일 최소 2~3번의 체육활동을 한다. 특히 오전 3교시와 4교시 수업 사이 따커지엔(大课间: 체력 단련 쉬는 시간)에 25분 만에 운동장에서 체조나 달리기를 하고 빠르게 교실로 돌아와야 하는데 정장 교복 생활을 한다면 시간 내 환복이 절대 불가능한 일이다.

또한 한창 옷에 신경 쓸 예민한 청소년 시기에 체육복 교복은 한국과 같이 교복을 더 예쁘게 입기 위한 소모적인(?) 노력 자체가 불필요하다. 한국의 학생이라면 학창 시절 치맛단을 줄이고 통바지를 스키니로 만들어 입고자 시도했던 경험이 한 번쯤은 있을 것이다. 본래도 예쁜 교복이었는데. 그땐 왜 그리도 교복집과 수선집을 드나들며 교복을 이리저리 줄여 '아이돌핏'으로 꾸미느라 정신이 없었는지, 지금 생각해 보면 그게 오히려 더 촌스러웠던 것 같다. 게다가 규정에 어긋난 교복을 단속하려는 선생님과 학생들 사이의 미묘

한 신경전도 매일 아침 교문 앞 빠질 수 없는 풍경이었다.

그러나 중국 학생들은 체육복 교복에 대한 스트레스가 전혀 없다. 체육복을 예쁘게 입으려는 학생이 없기 때문이다. 덕분에 하루 24시간 중 16시간을 남학생과 여학생이 좁은 교실에서 함께 시간을 보내야 하는 중국 학생들에게 체육복 교복은 이성에 대한 자극을 줄여주는데 아주 큰 몫을 한다. 학생들이 외모에 신경 쓰지 않고 자연스럽게 공부에만 열중할 수 있는 면학 분위기가 조성된다.

체육복 교복의 편리성

또한 체육복은 아무렇게나 빨아도 변형이 없고 드라이클리닝이나 교복 다림질도 필요 없어 매우 편리하다. 한국의 전형적인 교복을 생각해 보라! 남학생은 정장 바지/셔츠/조끼/재킷/넥타이, 여학생은 재킷/블라우스/조끼/치마에 스타킹, 속바지까지 교복 한번 입는데 얼마나 불편한 절차를 거쳐야 하는가! 나 역시 학창 시절 매일 아침 꾸깃꾸깃한 블라우스를 다려 주겠다는 엄마와 괜찮다며 그냥 입고 가겠다는 실랑이를 벌였더랬다. 오늘날에도 한국 교복의 필수템은 '다리미'일 정도로 학생은 물론 학부모도 매일 교복을 다려야 하는 꽤 귀찮고 번거로운 작업을 하고 있다. 요즘은 한국의 일부 학교에도 정장 교복보다는 조금 더 간편한 '생활복'과 여학생들도 입을 수 있는 교복 바지가 생겼다. 여학생들에게는 치마만 있었던 '라테 시절'과 비교해 참 편리해졌지만, 여전히 신축성이 떨어지는 소재가 불편하다는 의견이 많다.

체육복 교복의 경제성

체육복 교복의 또 다른 장점으로 경제성을 빼놓을 수 없다. 중국의 교복은 남녀 구분이 없다. 한 벌로 1년~3년을 입을 수 있다. 가격도 한 세트당 50~200위안으로 한화로는 10,000~40,000원 수준이다. 교복값을 걱정해 성장기 자녀에게 몸에 맞지 않는 큰 옷을 입힌다거나 작아진 옷을 수선해서 입히려는 고민을 하지 않아도 된다. 교복은 학생들이 매일 입어야 하는 필수재임에도 한국의 교복 가격이 평균 288,204원[3]임을 고려하면, 사악한 교복 가격은 가정 경제에 부담이 아닐 수 없다.

중국은 빈부격차가 큰 나라로 우리가 생각하는 것보다 훨씬 더 가계의 소득 불균형이 심하다. 이는 곧 복장으로 학생들 간 상대적 박탈감을 야기할 수 있다는 뜻이다. 중국의 교복은 본래부터 전쟁으로 인해 일부 가정 환경이 어려워진 학생들이 학교에서 열등감을 느끼지 않고, 동시에 부유한 학생들도 과시할 수 없도록 하기 위해 같은 옷을 입도록 하는 데서 유래되었다. 즉 가정 환경이 다른 학생들 간에 서로 비교하지 않고, 평등한 관계, 심리적 평형을 유지할 수 있

---

3) 「2021학년도 교복업체 담합 의심행위 검토 결과」, 경기도 교육청

도록 하는 최소한의 장치로 교복이 탄생한 것이다. 따라서 중국 교육위원회는 초·중·고등학생 교복 규정(中小学生校服 2015)을 제정하여 준수하도록 하고 있다. 가장 우선시되는 항목은 교복은 단순하고 실용적이어야 한다는 것이다. 또한 교복 제품을 등급으로 구분하지 않아야 하며, 학교 로고 외에는 기타 브랜드 로고 등을 붙일 수 없도록 명시하고 있다.

MZ세대의 실용주의

"너희는 교복이 체육복이라서 싫지 않아?"

천방지축 뛰노는 중국 여학생들을 보며 내가 물었다. 한참 예쁘고 멋있는 것을 좋아할 고등학생들인데 체육복 속에 갇혀 촌스러운 모습을 강요받고 있는 것은 아닌지 하는 생각이 들었다. 그러나 학생들의 대답은 의외였다. 옷에 의해 어떠한 행동도 제약받지 않아 너무 편하고 좋단다. 남의 시선에 비교적 유연한 중국인 특유의 실용주의적 태도를 보여주는 대목이다. 중국 사람들이 체면을 중시한다는 사실을 익히 알고 있을 것이다. 맞는 이야기이다. 체면(面子, 미엔즈) 문화는 중국인이 대단히 중요시 여기는 덕목 중 하나이다. 중국 사람들은 다른 사람이 자신을 어떻게 평가하는지 지나치게 신경을 쓰며 살아간다. 그러나 의외로 옷차림, 화장, 외모 등에서는 비교적 타인의 시선에서 자유로운 편이다. 특히 최근 중국 MZ 세대는 체면보다 실용적인 삶을 추구하려는 경향이 강하다. 예쁘게 보이려 불편함을 감수하기보다는 차라리 편리함을 선택하겠다는 중국 학생들이다.

'편한 교복'이 대세

시대적 흐름에 따라 교복도 변화의 중심에 있다. 중국의 일부 지역에서는 K드라마와 K팝을 통해 한국 교복을 접하면서 일부 중국 학생들이 예쁜 교복을 입어보고 싶다는 의견을 학교 측에 제시하고 있다. 하지만 여전히 중국 학생들의 애정을 듬뿍 받고 있는 '체육복'의 대세를 꺾을 수 없는 분위기이다. 중국의 체육복 교복은 비록 볼품은 없지만 실용성과 '착한' 가격 덕분에 앞으로도 오랫동안 중국에서 교복의 지위를 지킬 수 있을 것이라고 생각한다.

요즘은 직장에서도 청바지, 운동화 착용의 자유로운 복장을 허용하건만 하루 종일 앉아서 공부하는 학생들에게 단정한 용모를 갖춰야 한다는 이유로 몸에 붙는 불편한 정장 교복만을 고집하는 건 가혹한 행위가 아닐 수 없다. 이러한 점은 우리가 중국의 실용주의적 특성에서 배워야 할 부분이다. 우리도 답답한 셔츠, 재킷, 치마 스타일을 버리고, 중국처럼 체육복 혹은 후드티, 면바지 정도의 생활복 위주로 교복을 삼을 수는 없을까? 더욱이 교복의 주인공인 학생들이 입기도 편하고, 관리하기도 쉬운 '편한 교복'을 고집하고 있는데 말이다. 시대에 따라 변화해야 하는 것은 '교복은 꼭 정장 스타일이어야만 한다'는 우리의 갇힌 사고가 아닐까 싶다.

1. 중국 채용 공고 앱

현지 채용은 해외에 있는 기관에서 자체 채용하는 것으로 국내 파견과는 다른 개념이다. 따라서 한국 웹사이트에서 찾을 수 있는 현지 채용 정보 및 자료는 극히 제한적이다. 주로 현지 학교나 채용 관련 중국 웹사이트, 구인·구직 앱 등에 게시한다.

■ 중국에서 많이 사용하는 한국어 강사 채용 관련 앱

1) 웨이씬 공중하오(We Chat Official Accounts, 微信 公众号) : 한국에는 '위챗'으로 알려진 중국 제1의 메신저. 우리나라 카카오톡과 비슷하다. 중국인이라면 웨이씬을 쓰지 않는 사람이 없고, 모든 소통은 웨이씬을 통해 이루어진다. 웨이씬 계정이 없다면 중국에서 생활 자체가 불가능하다. 웨이씬 기능 중 하나인 공중하오는 기업의 홍보, 마케팅, 판촉 활동을 지원하는 플랫폼이다.

· 공중하오 검색어: '韩语招聘(한국어 채용)', '韩语教师(한국어 교사)'

| 웨이씬 공중하오 | '韩语教师(한국어 교사)' | '韩语招聘(한국어 채용)' |

2) 보스즈핀(BOSS直聘): 우리나라의 '잡코리아'와 비슷. 사용자가 비교적 많다. 한국어 인재 채용도 활발히 게시될 뿐 아니라 다양한 직종의 채용공고를 볼 수 있다.

앱 'BOSS直聘'

2. 학교 계약 시 체크리스트

■ 노동 계약서 작성 시 주의사항

면접에 최종 합격하면 우선 연봉협상을 해야 한다. 중국은 연봉의 개념이 아닌 월급 협상이다. 처음부터 소통을 명확히 하여 노동 계약서를 작성해야 나중에 분쟁이 발생하지 않는다. 사인하고 나면 낙장 불입! 계약 전 꼼꼼히 살피자!

1) 급여: 외국인 근로자도 개인소득세를 내야 하므로 협상한 급여가 세전 금액인지 세후 금액인지를 명확히 해야 한다.

2) 사회보험 적용 여부: 중국의 사회보험으로 양로보험, 생육보험, 상해보험, 실업보험, 의료보험이 있다.

3) 수업 시간 및 자습 감독: 고등학교의 경우 보통 주별 최대 수업 시간은 20시간 미만이고, 토요일에도 수업이 있다. '시

간'과 '교시'를 잘 분별해야 한다. 중국의 1교시 구성은 40분, 45분, 50분 등 학교마다 다르다. (예시: 40분 수업, 주 20시간이면 30교시에 해당) 또한 오전, 야간자습 감독이 배정되는지, 배정된다면 초과근무수당이 책정되는지를 분명히 해야 한다. 법에 의거해 시간 외 수당을 지급해야 함에도 제대로 지급하지 않는 경우가 더러 있다.

4) 방학과 휴일: 중국 고등학교는 방학이 짧고, 방학에도 보충수업이 있다. 고3 교과 담당일 경우 법정공휴일에도 수업을 진행하는 경우가 있다. 계약서 작성 시 학교와 협의하여 방학 기간과 법정공휴일의 근무사항 조건을 명시하는 것이 좋다. 또한 원칙적으로는 방학 기간에도 급여를 지급하는 게 맞지만 더러 지급하지 않는 학교도 있으므로 꼭 체크하자!

5) 위약금: 개인 사정으로 중도 퇴직 시 위약금을 물리는 경우가 있다.

* 주의: 중국에도 노동법규가 있고 외국인 역시 이 법을 향유하지만 실제 현장에서는 그렇지 않은 경우가 많다. 내 권리는 내가 처음부터 잘 챙기는 것이 중국에서 롱런할 수 있는 비결이다!

■ 집 구하기
• 통상적으로 외국인 교사는 학교에서 숙소 제공, 또는 월세를 지원한다.

- 학교 숙소: 교내 교직원 기숙사, 또는 학교 근거리에 위치한 집을 제공한다. 시설 면에서 교내 기숙사보다는 외부 거주가 훨씬 쾌적하다. 한편 월세 지원의 경우 직접 집을 구해야 한다. '집'에 대한 중국인

앱 '58同城'

과 한국인의 시각 차이가 있다. 중국어 의사소통이 가능하다면 집 구하기 앱을 이용해 발품을 팔아 학교 측과 협상하는 방법도 있다.

- 58同城(앱): 집뿐만 아니라 자동차, 구인·구직 등의 유용한 정보가 많다. 필자도 이 앱을 통해 만족스러운 집을 구했다.

중국 내 고등학교는 공립, 사립, 국제, 외국인 등 종류가 다양
하다.

*주의: 국제반이 개설된 학교와 국제 고등학교를 혼동하지 말 것!

1) 국제 고등학교: '중국인'을 위한 학교이다. 학교 교육 이념부
터 교과체계, 학생 구성 등이 모두 국제적 표준을 따르고 있
다. 중국 내에서 중국 학생이 누리는 국제화 교육이라고 이
해하면 된다. 중국 내 외국인이 운영하는 국제 학교, 상하이
미국 학교, 광저우 미국인 학교 등이 이에 해당한다.

· 국제 교육 커리큘럼을 제공: IB 과정[4], AP 과정[5], IGCSE 과
정[6], 캐나다, 호주 등

· 영어 위주의 수업: 외국인 교사와 외국인 학생이 있다.

· '학생 중심' 교육 실시: 전통적인 입시 위주 교육에서 벗어
나 학생들의 흥미와 창의성 증진에 중점이 맞춰져 있다.

· 학력 인정 여부: 교육과정이 중국식이냐 국제식이냐 따라
중국 학력, 해외 학력이 부여된다. 중국 학력을 인증받으려

---

4) International Baccalaureate, 영국과 스위스에서 공동 주관하는 교육과정 및
자격 시험 제도
5) Advanced Placement, 대학학점 선이수제
6) International General Certificate of Secondary Education, 영국의 중고등 과
정을 국제 커리큘럼으로 개조한 것

면 졸업시험인 후이카오를 통과해야 한다.

- 입학 조건: 특별한 조건은 없지만 도시에 따라 학비가 1년에 13만~30만 위안 (한화 최대 6,000만 원 정도) 정도로 비싸다.

2) 국제부: 중국인 혹은 외국인을 위해 공립/사립 고등학교 내 별도로 마련한 부서이다. 도시마다 국제부의 규모가 다르다.

- 중국어로 수업 진행.
- 학력 인정 여부: 중국 학력만 인증되므로 후이카오(졸업시험)를 통과해야 졸업장을 받을 수 있다.
- 입학 조건: 중점 고등학교 국제부의 경우 중카오(고입시험) 성적의 일정한 조건을 갖춰야 입학이 가능하다. 국제 학교에 비해 학비가 비교적 저렴하다.
- 유학생의 수요가 많은 대도시에는 공립학교 내 '한국인'을 위한 국제반이 따로 개설되어 있기도 하다. 한국 학생들만 모아 중국어를 중점적으로 가르친다.

3) '외국인' 학교: 해외에 거주하는 자국민의 교육을 위해 설립된 각국의 국제 학교이다. 정확한 명칭은 외국계 자녀 학교(外籍人员子女学校)이다.

- 교과과정, 학사 일정: 모국의 교육부 지침과 동일하다.
- 학력 인정 여부: 중국 내 한국 교육부의 인가를 받은 한국 국제학교라면 한국 교육부의 학력 인증을 받는다.
- 한국에서 교원자격증을 취득한 교사들로 구성된다.

· 더러 외국인 학교에 중국인이 보이기도 하는데, 본토 중국인들은 입학이 불가하므로 이들은 모두 해외 국적을 가진 중국인이다.

중국 학생
문화

3장

01

골라 먹는
학생 식당!

모든 것이 풍족한
한국과 비교하면 한도 끝도 없다.
중국에서 생활하려면
당연히 중국 음식이 좋아져야 살아남을 수 있다.

학생 식당 내부

식재료, 향, 색깔, 맛 등에서 호불호가 명확히 갈리는 중국음식에 한국인들이 적응하기란 쉽지 않다. 친동생이 종종 중국 출장을 다녀올 때면 입에 맞는 음식이 없어 쫄쫄 굶었다며 나에게 핀잔을 늘어놓곤 한다. 그에 비하면 나는 중국 음식을 가리지 않고 좋아하는 편이다. 보기에 혐오스러운 닭대가리나 냄새가 고약한 취두부 등 몇몇 음식을 제외하고는 아주 잘 먹는다. 특히 '마라(麻辣)'에 환장한다. 기름이 흥건한 감자채볶음도 내 최애 음식이다. 음식에 있어서는 딱히 적응이 필요하지 않다.

아침 자습 감독을 하는 날은 눈 뜨면서부터 배가 고프다. 그렇다고 아침까지 챙겨 먹고 출근할 여유는 없다. 그래도 믿는 구석이 있다. 바로 조식 식당이 오픈한다는 것! 중국은 학생들이 대부분 기숙사 생활을 하기 때문에 삼시 세끼를 학생 식당에서 해결한다. 식당 운영 시간은 아침 6시 55분~7시 20분, 점심 11시 55분~12시 40분, 저녁 18시~18시 30분이다. 교직원 식당도 학생 식당 안에 있다.

자유로운 메뉴 선택

중국의 학생 식당은 우리나라의 학교 급식 풍경과는 조금 다르다. 우리나

학생 식당 내부

라는 반찬 3~4종류, 국, 밥 등의 통일된 메뉴를 배식해 주지만 중국은 학생이 자유롭게 메뉴를 선택할 수 있다. 우리나라 쇼핑몰의 푸드코트처럼 학생 식당 안에 여러 작은 식당이 들어서 있다. 학교 식당 안에 입점하기 위해서는 중국정부 관련 부서의 경영 허가와 위생 인증을 받아야 한다. 학생들의 신체 건강과 직결되는 만큼 식품 위생 관리를 중요시한다.

쉬창고 학교 식당은 남(南), 북(北) 캠퍼스 두 곳이다. 남(南) 식당의 경우, 1층과 2층에 각각 6개의 음식 창구가 있다. 보통 한 창구당 밥과 면을 달리 구성한 세트 메뉴가 있다. 총 20~24개의 세트 메뉴가 있는 셈이다. 메뉴 구성은 3~4가지 반찬과 쌀밥, 면 요리, 패스트푸드 등 다양하다. 음식 종류별, 금액대별로 구역이 나누어져 있어 이용하기 편리하다.

음식들은 보통 지역 특색에 맞춰져 지역 주민의 식습관과 입맛을 고려하여 구성된다. 중식을 기본으로 하지만 학생들이 하루 세끼 모두 학교 식당을 이용하는 만큼 학생들이 좋아하는 면, 햄버거, 피자, 케이크, 빵 등의 종류도 많다. 단, 조식의 경우 음식의 종류가 면, 죽, 빵 등으로 제한적이다. 점심과 저녁은 모든 창구가 오픈한다. 할랄 음식도 있다. 무슬림이 먹을 수 있도록 허용된 음식만 취급한다. 중국 소수 민족 중 하나인 회족(回族)은 돼지고기를 먹지 않기 때문에 중국 대부분의 학생 식당에는 소수민족을 배려한 음식 창구도 따로 있다.

식당 메뉴 창구

8위안, 학생 창구 음식. 구성: 감자닭조림, 토마토달걀볶음, 건두부야채볶음, 밥

학생 식당의 음식 가격은 6위안에서 10위안 사이이다. 한화로 약 1,200원~2,000원이다. 학생카드에 돈을 충전한 후 음식 주문 시 단말기에 카드를 대면 돈이 빠져나간다.

영양 만점 교직원 식당

교직원 식당은 학생 식당 바로 옆 작은 공간에 마련되어 있다. 학생 식당과는 달리 한국급식의 배식과 비슷한 시스템이다. 조식은 대부분 빵, 계란, 죽이 제공되고, 점심과 저녁은 4~5가지 반찬, 쌀, 면, 국이 준비되어 있다. 끼니마다 고기, 야채를 포함해 나름 영양을 생각한 구성이 나쁘지 않다. 가격은 조식 3위안(한화 약 600원), 점심과 저녁 6위안(한화 약 1,200원)으로 학생들보다 훨씬 저렴하다. 갓성비 식단에 뭘 더 바랄까. 혼자 있으면 두루두루 챙겨 먹지 않게 되는데 6위안에 닭고기, 감자채, 청경채 볶음이면 충분히 만족한다. 강한 향신료, 흥건한 기름만 빼면. 모든 것이 풍족한 한국과 비교하면 한도 끝도 없다. 중국에서 생활하려면 당연히 중국 음식이 좋아져야 살아남을 수 있다.

쉬창고 학생 식당에 아쉬운 점이 딱 하나 있다. 학교 어디에도 간식을 사 먹을 수 있는 매점이 없다는 것이다. "6천여 명의 학생을 대상으로 매점 장사를 하면 떼돈을 벌 텐데." 우스갯소리로 중국 선생님들에게 이야기하면 나보고 하나 오픈하라고 한다. 허가만 내준다면야. 하하~ 매점을 오픈하지 않는 학교 측의 이유가 분명 있을 것이다. 쉬는 시간 매점으로 달려가 소소한 간식거리를 친구들과 나눠 먹으면 얼마나 행복한데. 이를 알고 있는 나로서는 있다가 없으니 불편하다.

엄마는 간식 셔틀

교내에 매점도 없고, 일주일 중 6일을 학교에 갇혀 시간을 보내는데 무언가가 먹고 싶을 때 중국 학생들은 어떻게 할까? 두 가지 방법이 있다. 첫 번째는 토요일 오후 집으로 돌아가 하루를 보내고 일요일 오후 다시 학교로 돌아올 때 일주일 먹을 간식을 챙겨서 오는 방법이다. 대부분 부모님은 자기 자녀가 먹을 일주일 치 우유, 과자, 초콜릿, 견과류, 과일, 건강식품, 상비약 등등을 싸서 캐리어에 넣어준다.

두 번째는 학생 식당 음식이 질리거나 특별한 간식이 먹고 싶을 때는 부모님 찬스를 쓴다. 그럼 부모님이 음식을 해서 혹은 사서 교문 앞에서 전달해 주거나 배달시켜 준다. 학생들이 교문 밖으로는 나가지 못하기 때문에 교문 안에서 음식을 전달받는다. 이로 인해 점심시간만 되면 교문 앞은 다시 한번 학부모들로 북적거린다. 그들 손에 들린 따끈따끈한 밥이 든 봉지. 단순히 오지랖 넓은 엄마의 치맛바람이라기보다는 일주일 내내 떨어져 집밥을 해주지 못하는 엄마의 작은 보상이랄까. 애틋하면서도 뭉근한 사랑이 가득한 엄마의 마음이다.

참고

허난성의 주식은 '면'이다. 그래서 학생 식당에는 쌀보다는 면, 빵 요리 창구가 더 많다. 오직 점심에만 쌀이 제공되고, 아침, 저녁은 만토우(馒头, 한국식 찐빵)가 쌀을 대신한다. 토종 한국인인 나는 쌀을 먹어야 비로소 밥을 먹은 것 같은 느낌이 드는데, 중국은 반대로 면을 안 먹으면 밥을 안 먹은 것 같은 느낌이 든단다.

허난성을 대표하는 면 요리는 후라탕(胡辣汤)이다. "허난성에서 후라탕을 먹어보지 않았다면 진정 허난성을 가보지 못한 것이다."라는 말이 있을 정도로 허난 사람들은 후라탕을 좋아한다. 우리 학생들도 나에게 가장 먼저 추천해 준 지역 음식이 '후라탕'이었다. 소고기, 후추, 면 등을 넣은 탕요리이다. 선분기가 있어 걸쭉한 매운 후추 죽과도 느낌이 비슷하다. 거무튀튀하니 약간 거부감이 드는 비주얼에 선뜻 숟가락 들기가 어렵지만, 한번 먹어보면 멈출 수 없는 맛이다. 구수하면서도 매운 후추맛이 중독성 있다. 한국식 매운맛과는 완전히 다르다. 한국에 비슷한 음식이 없어서 딱히 맛을 설명할 길이 없지만, 혹시 허난성을 방문한다면 '후라탕'을 꼭 먹어보길.

02

8인 1실,
기숙사

학생들은
꽤 오랜 시간 일기를 통해
기숙사에서 꽃피우는 추억들을 공유해주었다.
일기를 계기로
나는 학생들과
더 가까워질 수 있었다.

쉬창고등학교 학생 기숙사 외부

기숙사는 학교생활의 5할 이상을 차지한다고 해도 과언이 아니다. 비록 잠만 자는 공간이지만, 과도한 학업으로 지칠 대로 지친 학생들이 재충전할 수 있는 교내 유일한 장소이다. 쉬창고등학교의 경우 기숙사 거주가 의무는 아니지만 80% 이상의 학생들이 기숙사 생활을 한다. 그 이유가 있다.

우리나라 학교 배정은 학생들의 거주지 근처로 결정된다. 그러나 중국 고등학교는 중카오를 통해 고등학교를 선택하여 지원한다. 학생들은 원거리도 불사하고 무조건 제1의 명문고를 지원하기 때문에 학교와 집이 먼 학생들이 많다. 시간표상 야간자습이 22시에 끝나고 오전 6시까지 학교에 와야 하므로 매일 등, 하교는 현실적으로 어렵다. 따라서 원거리 통학생들은 기숙사 거주를 선호한다. 기숙사 거주 선택은 자유이지만 한 번 선택하면 평일 외출, 외박이 엄격하게 제한된다. 일주일 수업이 끝나는 토요일 오후 4시에 퇴실하여 일요일 저녁 6시까지 입실해야 한다.

쉬창고의 학생 기숙사는 남(南), 북(北) 캠퍼스 두 곳이다. 두 기숙사의 시설이 조금씩 상이하다. 내가 담당하는 고3 학생들과 국제부 학생들이 거주하는 남(南) 기숙사는 총 6층 건물이다. 층마다 28개의 방이 있고, 8인 1실이 원칙이다. 한 건물에 대략 170개의 방이 있으니 두 캠퍼스의 기숙사는 총 2,600여 명을 수용할 수 있는 규모이다. 청소년기 학생들의 기숙사인 만큼 남녀 건물이 분리되어 있다. 이성 간의 기숙사 건물 출입은 절대 불가하며 기숙사 사감이 24시간 상주하고 있다. 야간자습이 끝나고 학생들의 입실이 끝나면 사감은 기숙사 대문을 걸어 잠근다. 누구도 들어오거나 나갈 수 없다. 대문은 다음 날 새벽 조깅 시간에 해제된다.

다소 열악한 기숙사 시설

기숙사 1년 비용은 520위안(한화 10만 원 정도)으로 초 저렴하다. 그만큼 쉬창고의 기숙사는 생각보다 매우 열악하다. 베이징, 상하이에서 유학 경험이 있는 필자가 그동안 본 기숙사 중에서도 가장 시설이 낙후됐다. 대도시와 지방 도시의 격차는 기숙사에도 고스란히 반영되어 나타난다. 도시에 따라 기숙사 시설이 천차만별이다. 대도시 어느 곳은 호텔 버금가는 기숙사도 있지만, 지방 도시 어느 곳은 혀를 내두를 환경인 기숙사도 있다. 이곳은 3선 도시에 해당하는 허난성에서도 작은 도시에 속한다는 것을 감안하고 읽어 내려가 주길 바란다. 한 가지 당부하고 싶은 것은, 일부분을 보고 중국 전체로 일반화하지 않으면 좋겠다. 혹 중국 유학을 꿈꾸는 한국 학생이 있다면 걱정하지 말라. 1~2선 도시의 학교 기숙사는 한국만큼, 혹은 한국보다 좋다.

방 내부를 살펴보자. 철 골조의 침대가 눈에 들어온다. 2층 침대 4개가 배치되어 있다. 1인 1베드가 부여된다. 사물함도 각각 주어지지만 천장에 붙어있어 무용지물이다. 학생들은 자신들의 캐리어나 수납 박스에 짐을 보관하여 침대 옆에 둔다.

화장실은 각 방 안에 있다. 기숙사뿐 아니라 쉬창고의 화장실은 모두 좌변기이다. 방 안에 있는 화장실이라는 것을 감안하면 위생상태는 끔찍하다.

기숙사 내부 침실

중국의 화장실 문제는 중대한 숙원 사업 중 하나였다. 2015년, 시진핑 주석은 '화장실 혁명'을 제기하며 농촌 인민들의 관념과 의식 개선의 필요성을 강

기숙사 방 안 화장실과 세면대

조했다. '화장실 혁명(厠所革命)'이라고 표현할 정도이니 얼마나 중요하게 생각하는 국가사업인지 알 수 있다. 이후 전국 주요 관광지를 중심으로 대대적인 화장실 리모델링이 이루어졌다. 그 결과 가히 혁명이라고 불러도 될 만큼 대다수의 화장실이 상당히 개선되었다. 청결도 향상되었다. 이제는 웬만한 중국의 공공장소 화장실은 매우 쾌적하다. 그

러나 사각지대에 놓인 시골의 화장실은 여전히 열악하다. 이곳 고등학교처럼 말이다.

화장실뿐만이 아니다. 씻을 수 있는 공간도 녹록하지 않다. 화장실 옆에 작은 세면대 하나가 학생들이 씻을 수 있는 공간이다. 이 공간에서 세수와 양치를 한다. 8명의 학생이 함께 쓰기에는 딱 봐도 협소하다. 각 층에 공용 샤워실이 있긴 하다.

사감이 관리하는 기숙사 규율

기숙사는 22시 20분에 전체 소등한다. 소등 후에는 그 누구도 불을 켜서는 안 된다. 고3 학생들은 추가 학습 혹은 과제를 위해 침대에 누워 몰래 비치해 놓은 손전등을 켠다. 그렇게 피곤한데도 차마 잠들 수 없나 보다. 작고 희미한 불빛에 의지해 불편한 자세로 나머지 공부를 이어간다. 꿈에 대한 열망은 쉽게 꺼지지 않는다. 기숙사 안에 책상은 없다. 침대에 놓을 수 있는 작은 책상을 사비로 준비하는 학생들도 있다.

기숙사의 규율은 매우 엄격하다. 그중 귀에 박히는 재미있는 규율이 있었다. 과자를 먹어서는 안된다는 것이다. 아니, 기숙사에서 과자 좀 먹을 수 있는 거지 왜? 좀처럼 이해가 안 되었다. 그러나 이유를 듣고는 바로 납득할 수밖에 없었다. 과자 부스러기로 '쥐'가 몰려들기 때문이라고 한다. 아, 그럴 수도 있구나……. 그런데 학생들은 쥐를 부를지언정 몰래 먹는다고 한다. 원래 몰래 먹는 게 더 꿀맛인 법. 또한 기숙사에서 컵라면도 금지다. 냄새가 너무 많이 난다는 이유이다. 우리 학생들이 점심시간에 교실에서 컵라면을 자주 먹더라니.

수업과 자습 시간에는 숙소에 입실하지 못한다. 오직 하루 중 모든 수업이 끝난 저녁 10시에 입실이 허락된다. 만약 챙기지 못한 물건을 가지러 기숙사에 출입해야 할 때에는 반드시 담임 선생님의 허락을 받아야 한다. 허가 없이 비 개방시간에 기숙사에 들어가거나 머무르면 안 된다. 또한 기숙사 내부 청결 위생을 유지해야 한다. 아침에 기상하면 반드시 자신의 침대와 주변 정리를 하고 나가야 한다. 기숙사 사감이 순회하며 침실 점검을 한다.

그 밖에 '룸메이트와 싸우지 않는다. 기숙사 안에서 큰 소리로 떠들거나 소란을 피우지 않는다. 특히 소등 후에는 말을 하지 않는다. 반드시 배정된 방에 입실해야 하며 마음대로 방을 변경하지 않는다. 술을 마시거나 게임을 하지 않는다. 불건전한 행위 등을 모두 엄금한다.' 등등이 있다.

상과 벌
만약 규율을 어기면? 벌점이 부과된다. 그리고 담임교사에게 보고된다. 이 벌점은 학급 평가 심사에 매우 중요한 기준이 된다. 중국 학교는 일주일에 한 번씩 학급 간의 비교 평가를 통해 우수 학급을 선정한다. 학생들의 평소 학습 태도, 아침 조깅, 위생, 학급 규율, 기숙사 규율 등 여러 항목의 점수를 종합하여 심사한다. 점수가 가장 높은 학급이 우수 학급이다. 심사 결과를 모든 학급에서 볼 수 있도록 큰 포스터로 제작하여 게시한다.

우수 학급, 특히 우수 침실로 선정되면 여러 가지 혜택이 있다. 먼저 영예로운 깃발이 방 문 앞에 걸린다. 학생에게는 소정의 상품이 주어진다. 휴지, 수건, 비누 등등의 생활용품이다. 담임교사에게는 보너스가 지급된다. 반면 최하위 학급은 학생과 담임교사에게 주의·경고가 내려진다. 체면을 중시하는 중국인들에게 제대로 쪽팔리는 일이 아닐 수 없다. 담임교사는 급여 감봉도 있다. 침실 반장이 솔선해 룸메이트들과 문제점을 개선하고, 양호한 주거환경 조성을 위해 노력해야 한다.

우수 학급을 표시하는 깃발

학생들의 일기장에는 기숙사에서의 에피소드가 자

주 등장한다. 불 끄고 누워서 나누었다는 가십거리들. 반에서 있었던 자질구레한 일들부터 시작해서 식당 밥 이야기, 못마땅한 친구 이야기, 농구장에서 마주친 잘생긴 선배 이야기, 타 과목 중국 선생님 뒷담화 이야기, 기숙사에서 사감 몰래 맥주를 마셨다는 남학생들의 이야기 등등. 학생들은 꽤 오랜 시간 일기를 통해 기숙사에서 꽃피우는 추억들을 공유해 주었다. 일기 과제인 만큼 나는 학생들의 비밀을 지켜주었고, 그 계기로 학생들과 더 가까워질 수 있었다. 중국 학생들을 더 이해할 수 있게 된 더없이 소중한 시간이다.

03

교통수단 필수템,
띠엔동처

나의 두 다리 이상의 몫을 해 준
띠엔동처가 있었기에
여러 추억을 많이 쌓을 수 있었다.
무엇보다 왜 중국인들이
자동차보다 띠엔동처를
더 선호하는지를 이해할 수 있었다.

타오바오를 통해 구입한 띠엔동처(电动车, 전동차)

"마야 마야~!"

전동차를 처음 배우는 내가 연신 "엄마야~! 엄마야~!" 비명을 질러 대는 걸 보고 중국 선생님이 따라 하며 놀려 댄다. 위급할 땐 왜 꼭 옆에 있지도 않은 엄마부터 찾게 되는 걸까, 나도 참 모르겠다.

이곳의 주요 교통수단은 전동차이다. 중국어로는 띠엔동처(电动车)라고 부른다. 전기로 움직이는 스쿠터라고 이해하면 되겠다. 베이징, 상하이만 해도 버스, 지하철 등의 대중교통이 한국만큼 편리하다. 공유 자전거도 활성화되어 있다.

공유 자전거 시스템은 한국보다 선진화되어 있어 내가 애용하는 교통수단 중 하나였다. 이용료도 30분에 1위안, 우리나라 돈으로 200원 정도이다. 차가 막힐 시간이나 걷기 애매한 거리에 요긴하게 사용한다. 중국 어느 도시에 여행을 가도 공유 자전거를 이용하는데 불편함이 없었다. 아, 충칭은 제외이다. 충칭은 지역적 특성상 언덕이 많아 자전거를 타기에 적합하지 않고, 공유 자전거도 드물다. 어쨌든, 자전거는 중국인의 삶에서 떼려야 뗄 수 없는 중요한 교통 인프라 중 하나이다.

고된 출퇴근길

그런데 쉬창에 와서 보니 공유 자전거가 쉬이 보이지 않았다. 특히 근무지인 학교와 내 집 사이에 이용할 수 있는 공유 자전거가 없었다. 학교에서 집까지는 걸어가기엔 멀고, 택시를 타고 가기엔 애매한 약 1.5km 정도의 거리였다. 초반에는 운동 삼아 걸어 다니리라는 다부진 열정으로 매일 한 시간 일찍 출근길을 나서는 부지런을 떨어댔다. 그런데 공강이 긴 날은 하루에 2~3번씩 왕복하는 날이 생겼다. 10km를 걷다 체력을 다 소진하기 일쑤였다. 비가 오는 날에는 질퍽한 진흙탕물을 옷에 묻혀가며 꾸역꾸역 걸어야 했다. 캄캄한 추운 새벽 출근과 야근 후 돌아오는 밤길은 체감상 100km를 걷는 것만큼이나 발이 천근만근이었다.

버스가 있긴 있다. 그런데 배차 시간이 40~50분, 이조차도 예측할 수 없다. 자칫하단 지각할 게 뻔했다. 매일 출퇴근을 힘겨워하는 나에게 학생들과 동료 선생님들은 '띠엔동처' 구입을 권했다. 그러고 보니 이곳엔 학생들도 1인 1띠엔동처를 소유하고 있었다. 성인뿐만 아니라 중, 고등학생들도 모두 자신의 띠엔동처가 있다. 학생들 말에 의하면, 이곳 아이들은 초등학생 때부터 띠엔동처 타는 법을 배운다고 한다. 지하철이 없고, 버스 이용도 쉽지 않은 이곳에서 띠엔동처는 두 발이나 다름없는 필수템이었다.

예전 상하이 유학시절, 띠엔동처로 사고를 당한 친구들을 여럿 본 적이 있다. 그 탓에 내 생에 띠엔동처는 절대 배우지 않으리라 다짐했었다. 그런데 이곳에 와서 매일 잠도

부족한데 걸어서 출퇴근하다 보니 체력이 점점 방전되는 느낌이 들었다. 내일 죽어도 당장 오늘 좀 편하게 출근해야 겠다는 생각이 절로 들어 띠엔동처를 구입하기로 결심했 다. 마음이 바뀌기 전에 바로 타오바오(淘宝, 중국 최대 인터넷 쇼핑몰)에서 내 생애 최초의 띠엔동처를 질러 버렸다! 1,000 위안, 한화로 20만 원 정도이다. 출근길이 너무 기대된다!

띠엔동처의 수난시대

학교에 택배가 도착했다는 문자를 받았다. 띠엔동처일 것이다! 역시나 박스가 내 몸집의 3배인 걸 보니 띠엔동처 가 맞다. 설레는 마음으로 크디큰 박스를 언박싱 해보는데 ……. 아니, 완성품이 아닌 조립품이었다! 바퀴만 달려있고 나머지는 전부 조립해야 하는 어처구니없는 상태로 배송이 됐다. 발가벗은 띠엔동처 느낌이랄까? 역시 타오바오 물품 답다. 돈을 좀 아껴볼 요량이었는데, 첫 단계부터 멘붕에 빠 졌다. 어쩐지 가격이 은혜롭더라.

어쩔 수 없이 나는 중국 선생님의 도움을 받아야 했다. 이 띠엔동처 하나에 3명이 선생님이 달려들었다. 그들도 이런 상태(?)의 띠엔동처는 처음인 듯했다. 대개 현지 사람들은 오프라인 매장에서 구입한다고 한다. 가격은 인터넷보다 2 배 정도 비싸지만 질과 AS가 보장되기 때문. 중국 선생님들 은 나의 무모함에 당황하는 듯했다. 그러나 친절하게도 처 음부터 끝까지 정성스레 단단히 조립해 주었다. 더불어 띠엔동처 작동법과 타는 법까지 가르쳐주었다.

자전거라면 한 손으로도 자신 있게 잘 탈 수 있는데 처음 타보는 띠엔동처에 나는 잔뜩 겁에 질렸다. 발이 영 땅에서 안 떨어진다. 속도를 조절하는 레버를 살짝만 돌려도 슝~ 나가버리는 민감한 엔진에 연신 엄마를 찾아댔다. "엄마야 엄마야~!" 중국 선생님은 고개를 절레절레 저으면서도 띵호아!(挺好, 좋아!)를 외쳐준다. 참 고마운 선생님이다.

학교 운동장에서 여러 차례 주행 연습을 했다. 자신감이 조금 붙어 도로로 나갈 때면 역시나 험난한(?) 차들 대열에서 잔뜩 움츠러들었다. 가장 어려웠던 점은 손잡이로 속도를 조절하는 것이었다. 완벽히 적응하기까지 많이 넘어지기도 했고, 브레이크를 잡는다는 걸 스로틀 레버(엔진 출력 레버)를 돌려 벽에 박기도 여러 차례, 한 달여간은 다리에 멍이 없어지질 않았다. 또 왼쪽 자동차를 피하려다 오른쪽에서 달리던 전동차와 충돌해 그대로 꼬꾸라져 전동차에 몸이 깔리는 아찔한 사고도 발생했다.

중국에서 처음 자전거를 배웠을 때도 버스와 충돌해 2주간을 병원에 입원해 있었는데, 아휴, 그 상황을 또 연출하게 되다니! 뭘 하나 배울 때마다 거저 배워지는 법이 없는 인생이다. 덕분에 이젠 뒤에 사람을 거뜬히 태우고도 전동차를 운전할 수 있을 정도로 업그레이드되었다.

단점을 덮는 띠엔동처의 장점

띠엔동처 주행은 중국의 도로교통법상 면허가 필요하지 않다. 또한 전기로만 달리다 보니 연료비도 따로 들지 않아 매우 경제적이다. 전기만 충전하면 된다. 전기 충전소는 아파트 단지, 학교 등 곳곳에 비치되어 있어 충전하느라 찾아 헤매지 않아도 된다. 배터리는 전동차 안에 장착되어 있어 가벼운 충전 어댑터만 휴대하면 언제든 충전이 가능하다. 전기료도 1시간 충전에 약 0.1위안(20원) 정도로 매우 서민적이다. 8시간 충전하면 25~30km 주행이 가능하고, 시속은 40~50km까지 달릴 수 있다.

단점이 있다면, 배터리는 소모품이라서 1년 정도 지나면 주행 가능한 거리가 점점 줄어들어 완충을 해도 15km 정도밖에 못 간다는 점이다. 일정 시간이 지나면 새 배터리로 교체해 주어야 하는데 이 배터리 가격이 10만 원 내외로 비싸다. 사실 한국 물가로 따지면 비싼 편도 아니다. 또 다른 점은 눈, 비가 올 때나 추운 겨울 시린 바람을 몸소 맞아야 한다는 점이 있다. 그래서 중국에는 눈·비 가림막, 손 보호 핸들 커버 등 신박한 방한 제품들이 많다.

쉬창에서 전동차만큼이나 사랑받는 또 다른 교통수단이 있다. 바로 툭툭이라고 불리는 3륜, 4륜 전동차이다. 중국 여행을 하다 보면 대도시에서도 간혹 이러한 전동차를 볼 수 있다. 주로 여행객들을 위한 교통수단으로 관광지에서 볼 수 있다. 그러나 이곳에서는 자동차 대용 교통수단이자 이곳 사람들의 생계 수단으로 용도가 조금 다르다. 삼륜차를 개조해 길거리 음식이나 물건을 판매한다. 이곳에서는 자동차만큼이나 도로를 점령하고 있는 제1의 교통수단이다.

무모함인가 대담함인가

띠엔동처를 한번 배우고 나니 이보다 더 좋은 교통수단이 없다. 이 신통방통한 것을 왜 이제야 만났는지! 삶의 질이 완전히 바뀌었다. 매일 출퇴근은 물론 여가생활이 더욱 풍요로워졌다. 택시 이용이 불편해 쉬는 날이면 방구석에만 있던 나를 헬스장, 마트, 병원, 카페, 공원 등등 쉬창 구석구석을 돌아다닐 수 있게 해주었다. 마음이 울적한 날엔 갈 수 있는 최대한 멀리까지 가서 기분전환하고 오기도 했다.

띠엔동처 운전에 잔뜩 자신감이 붙은 나는 어느새 무모함의 극치를 달리고 있었다. 중국은 추석, 설 등 중요한 명절 때마다 학교에서 교사들에게 복지 물품을 선물한다. 집으로 배달해 주면 좋으련만, 기프트 카드를 수령해 본인이 지정된 마트에 가면 지정된 물품으로만 교환이 가능하다.

대륙의 스케일은 선물의 양에서도 드러난다. 쌀 10kg, 밀가루 10kg, 사과와 배 각각 한 박스, 식용유 5kg, 우유 한 박스, 고기 한 박스, 견과류 한 박스. 혼자 사는 나는 이럴 때 참 난감하다. 이걸 다 어떻게 가져가나. 좀처럼 신세 지기

설 선물

싫어하는 성격에 나는 띠엔동처에 짐을 실어보기로 하지만 역부족이다. 설상가상 눈까지 와서 길도 미끄럽다. 발만 동동 구르며 다 버리고 고기만 챙길까 생각하던 그때! 마트 관리 아주머니가 나를 향해 저벅저벅 걸어오신다.

"왜 혼자 왔어? 띠엔동처에 실어줄까? 갈 수 있겠어?"

그러고 보니 주위를 둘러봐도 이 많은 짐을 띠엔동처에 싣고 가려는 사람은 나밖에 없다. 휴, 나의 무모함은 도대체 어디까지인가. '이왕 이렇게 된 거 한 번 해보지 뭐.' 도전 정신이 또 발작했다.

아주머니 두 분이 전동차 앞, 뒤, 발판까지 야무지게 짐을 꽁꽁 싸 주셨다. 진정 짐 싣기의 달인이시다. 비좁은 틈에 겨우 몸을 꾸겨 앉고는 일단 출발! 무게 때문에 띠엔동처가 비틀비틀. 넘어질까 봐, 사고 날까 봐 집에 가는 내내 심장이 쫄깃했다. 그 와중에 '가는 길에 학생 혹은 동료 선생님

추석 선물

을 만나면 어떡하지? 쪽팔린데…' 조마조마했다.

현지인들도 이렇게 안 다니는데 외국인이 스타일 구기게 이게 뭐람. 참으로 생존력 갑이다. 눈이 펑펑 내리는 날, 3km 정도의 거리, 휘청휘청, 위태위태했지만 다행히 안전하게 집에 올 수 있었다. 오, 하나님 감사! 현지인 다 됐다.

1년 내내 나의 두 다리 이상의 몫을 해 준 띠엔동처가 있었기에 여러 추억을 많이 쌓을 수 있었다. 무엇보다 왜 중국인들이 자동차보다 띠엔동처를 더 선호하는지를 이해할 수 있었다. 더불어 중국의 전기차, 전동차, 전기자전거의 한발 앞선 기술의 발전을 몸으로 배우는 경험이었다.

04

연애하면
퇴학?

고등학교를 졸업하면
질리도록 하는 게 연애이건만,
벌써부터 사랑에 마음 아파하는
모습을 보니 짠하다.

"선생님, 남자친구 있어요?"

"없어!"

"왜 없어요?"

"난들 아니! 있었음 너네 못 만났어!"

"그럼 전 남자친구 얘기해 주세요. 제발요."

"음…내 첫사랑은 말이지……."

학생들 성화에 기어코 20년 전 첫사랑을 소환해 낸다. 고등학생들에게 선생님의 첫사랑 얘기는 국룰인가 보다. 라테(?)도 친구들과 교생 선생님 붙들고 첫사랑 얘기해 달라고 졸랐던 기억이 있다.

연애 이야기만 나오면 좀 전까지만 해도 동태눈이었던 애들이 똘망똘망해진다. 수업할 때 지방방송 중계 중이었던 학생들도 영혼을 바친다. 누구 하나 떠들라치면 "쉿! 선생님 지금 얘기하시잖아!"라며 질책한다. 아이고, 수업 시간에나 좀 그렇게 하지! 공부할 때는 좀처럼 보기 힘든 저세상 집중력을 발휘한다.

남학생들은 부끄러운지 눈을 마주치지 못한다. 관심 없는 척하지만 힐끗힐끗 쳐다보며 귀를 쫑긋 세운다. 후훗, 자기들 사랑 얘기도 아니면서 뭐가 그리도 부끄러운지. 그만큼 이곳 학생들은 때묻지 않은 순수함이 있다. 반면 여학생들은 말끝마다 '꺄악!' 대며 환호한다. "그래서요? 그다음에는요?" 꼬리에 꼬리를 무는 질문이 이어진다. 결국 야간자습 1교시는 첫사랑 개론으로 끝이 난다. 학생들이 일주일 중 나의 야간자습을 고대하는 이유이다.

대입시험을 제외한 학생들의 최대 관심사는 '연애'이다. 다른 사람의 연애도 궁금해하지만 학생 자신들도 연애를 하고 싶어 한다. 혈기 왕성한 고등학생 시절, 매일 24시간 중 16시간을 남녀 학생이 한 교실 혹은 한 건물 안에서 함께 지내는데 눈이 안 맞으려야 안 맞을 수가 없다. 이곳은 남녀 합반이다. 같은 반 학생끼리 좋아하기도 하고 다른 반 학생, 혹은 학년을 뛰어넘어 썸을 타기도 한다.

말할 수 없는 비밀, 연애

나는 학생들에게 매일 한국어 일기 쓰기 숙제를 내주고 수정하면서 학생들의 말 못 할 비밀들을 많이 알게 되었다. 그중 하나가 중국 선생님에게는 절대 말하지 못하는 '연애'에 관한 것이었다. 내가 외국인 선생님인데다가 비밀을 지켜줄 것 같은 절대적 믿음이 있었나 보다. 실제로도 나는 일기장에 적힌 내용은 절대 다른 교사에게 발설하지 않았다. 알렸다면 아마도 학생 여럿이 경고받았거나 혹은 퇴학당했을지도 모르겠다. 후에 알고 보니 중국은 학교에서 이성 교제 금지라는 학칙이 있었다. 경고에도 시정되지 않으면 즉각 퇴학이다.

어느 날, 우리 반의 남학생 하나가 일기장에 자신이 연애 중인 것을 밝혔다. 상대는 같은 국제부 내 2학년인 후배 여학생이었다. 학교에서 알게 되는 순간 이 학생 둘은 사달이 날 게 뻔했다. 나는 남학생을 따로 불렀다. 일기장에 썼으니 비밀 유지는 해 주겠다. 하지만 첫째, 학업에 절대 지장이 있어서 안 된다. 둘째, 교내에서 둘이 붙어 다니지 말아라. 나는 학생에게 행동을 조심할 것을 당부했다. 그리고 예의 주시했다.

그런데 얼마 지나지 않아 이 학생의 열애 소문이 돌기 시작했다. 나는 분명 비밀을 지켜주었는데 도대체 어디에서? 교무실 내 앞자리에 앉은 중국 선생님이 말해 주었다. 교내에서 손을 잡고 다니다가 몇몇 선생님들에게 발각이 되었다고. 이것들이 정말! 조심하라고 분명 주의시켰건만!

사실 이 남학생은 반에서 시험 때마다 꼴찌를 벗어난 적이 없는, 나에게는 아픈 손가락이었다. 꼴찌 탈출을 한 번이라도 시켜주고 싶어서 손수 단어장 만드는 법, 암기하는 법, 문제 푸는 요령, 1:1 지도 등등 안 해 본 것이 없을 정도로 신경을 많이 쓰는 중이었기에 배신감이 들었다.

연애하다 발각된 학생의 최후

남학생 부모님과 2학년 여학생 부모님이 학교로 불려왔다. 학교는 연애에 있어서 만큼은 그 어떤 규율보다도 엄격하게 처리한다. 학부모들도 인지하고 있다. 누군가는 책임을 져야 사건이 마무리되는 상황이었다. 그런데 '어떻게 책임을 질 것인가? 누구의 책임인가?'를 가리는 게 참 어려운 문제이다. 사랑에 시시비비를 가린다는 것 자체가 아이러니한 상황이다.

결국 먼저 좋아한다고 쫓아다녔던 고2 여학생의 자퇴로 상황은 종료되었다. 명문 고등학교에 입학하겠다고 중카오(고입 선발고사)를 열심히 치러서 왔는데, 한순간의 실수로 인생이 뒤바뀐 셈이다. 그 일이 있고 난 후 남학생도 오랜 시간 진통을 겪었다. 고등학교를 졸업하면 질리도록 하는 게 연애이건만. 벌써부터 사랑에 마음 아파하는 모습을 보니 짠하다.

중국 고등학교에서 연애는 절대 허용되지 않는다. 최후의 심판이 '퇴학'인데 감히 연애하려고 드는 학생들은 정말 드물다. 물론 아무도 모르게 연애하는 학생들도 있다. 하지만 누군가 사랑과 감기는 감출 수 없다고 했다. 사랑하면 바로 티가 난다. 나는 그저 눈빛만 주고받는 눈빛 연애를 하는 학생들을 귀신같이 찾아낸다.

"너 쟤 좋아하지?"
"아니요. 절대 아니에요, 선생님!"
"쌤이 눈치가 구단이여~ 딱 보면 알아~!"
시치미 떼지만 입은 실실 웃고 있는 학생들의 모습이 너무 사랑스럽다.

05
스마트폰
없는 세상

나는 진심으로 우리 학생들이
인생을 살면서 무언가에 의해 지배받지 않고,
오히려 다스리는 '군자'의 삶을 살길 바란다.
진정으로 디지털 프리를 외칠 수 있으면 좋겠다.
스마트폰을 손에서 놓아도
이 지구에서 생각보다 할 게 많다.

학생 건물 1층에 비치된 공중전화

"띠링"

"누구야! 스마트폰 가지고 온 사람?"

몇 번이나 울려 대는 소리에 나는 참지 않았다. 학생들이 자기는 아니라는 듯 억울한 표정을 지어낸다. 분명 이 중 하나는 있을 터. 소리가 났던 쪽으로 나는 몸을 움직였다. 그러자 한 학생이 안절부절, 동공이 마구 흔들린다. '오호라, 너구나!' 모른 척 지나쳐 나는 다시 강단으로 왔다.

"쌤이 가방 다 뒤질까, 아님 이실직고할래?"

3번의 기회를 주었다. 그러나 끝내 그 학생은 입을 열지 않았다. 사실대로 얘기했다면 나는 주의를 주고 넘어갈 요량이었다. 다급한 순간 아직은 '정직'과 '용기'가 떠오르지 않는가 보다. 학습되지 않았다면 반복해서 가르쳐야지. 결국 담임교사에게 이 사실을 알렸다. 학생은 호되게 혼나고 스마트폰을 압수당했다.

중국은 스마트폰을 절대 학교에 반입할 수 없다. 2021년 1월 15일, 중국 교육부는 <초·중·고등학생 스마트폰 관리 업무 강화 안내문(关于加强中小学生手机管理工作的通知)>을 공표했다. 교사도 스마트폰으로 과제를 내주거나 학생들이 스마트폰을 이용해 과제를 수행하도록 해서는 안 된다. 만약 학생의 스마트폰이 적발되면 벌점을 받고, 벌점이 쌓이면 퇴학이다. 부득이 휴대해야 한다면 학부모의 동의를 받아

서면 신청서를 제출해야 한다. 그렇게 학교에 가지고 왔더라도 학교 안에 들어오면 스마트폰을 담임교사에게 반납하여야 한다. 절대 교실로 반입할 수 없다. 담임교사가 보관했다가 정규 수업이 끝나는 토요일 오후 집으로 돌아갈 때 돌려준다.

급히 연락해야 할 일이 생기면 공중전화를 이용해 해결한다. 대개는 학생들이 수업하는 건물 1층에 공중전화가 있다. 중대한 일이면 담임교사에게 요청한다. 담임교사 업무 스마트폰에는 위챗(카카오톡과 비슷한 중국의 메신저) 학부모 단체방이 있다. 교사가 단체방을 이용하거나 학부모에게 개별적으로 연락해 학생들의 급한 일을 해결해 준다. 예를 들어 학부모가 자녀의 식당 카드에 돈을 충전했다는 것을 알려야 하는데 자녀가 스마트폰이 없으니 학부모 단체방에 올리면 담임교사가 학생에게 전달하는 식이다. 참 곁꾼도 이런 곁꾼이 없다. 교사 대부분은 잡다한 업무 가중으로 담임 맡기를 꺼린다.

정신적 아편, 스마트폰

중국이 이렇게까지 스마트폰 노이로제 반응을 보이는 데는 이유가 있다. 내 생각에 한국도 스마트폰 의존도가 비정상적으로 높고 소셜미디어 중독자들이 많다고 생각하는데, 중국인들도 비등비등하다. 걸어갈 때도 스마트폰, 운동할 때도 스마트폰, 운전하면서도 스마트폰, 함께 밥 먹으러 가서도 각자 스마트폰. 그럴 거면 각자 놀지 왜 한자리에 있으면서 스마트폰질인지 이것만큼은 한국이나 중국이나 정말 이해 안 된다.

스마트폰 중독. 성인들도 절제 못하는데 학생들이라고 뾰족한 수가 있을까. 학교 반입이 된다면 스마트폰으로 인해 학습 분위기를 망치는 건 불 보듯 뻔하다. 최근 중국은 전 국민이 게임에 빠져 있다. 얼마나 심각하냐 하면 중국 정부가 게임을 '정신적 아편'이라고 정의할 정도로 극도로 경계한다.

따라서 중국은 '게임 셧다운제'를 운영해 미성년자의 온라인 게임 접속을 강력히 금지하고 있다. 미성년자는 금, 토, 일요일과 공휴일에 한해 오후 8시~9시 1시간만 온라인 게임을 할 수 있다. 즉 일주일에 단 3시간만 할 수 있다. 온라인 게임업체에서 서비스 제한 구축을 완벽하게 해 놓아 그 어떠한 형태로도 미성년자의 접속이 불가하다.

만약 한국에서도 이런 게임 규제가 이뤄진다면 '만세'를 외칠 우리나라 학부모들이 많을 텐데. 코로나로 인해 자녀들이 프로게이머가 될 판이라고 아우성인 가정이 많아졌다. 대단한 사회 문제가 아닐 수 없다.

내 손으로 만드는 즐길 거리, 놀거리

스마트폰 없는 세상, 처음에는 너무 불편했다. 수업 시간에 학생들이 모르는 단어나 내용을 바로 인터넷에서 찾아 줄 수 없으니 답답하기 짝이 없었다. 2000년대 종이 사전으로 단어 찾던 그 시절을 이곳에서 다시 재현하고 있으니 말이다. 한국에서는 단 하루도 스마트폰 없는 세상을 상상하기 힘들다. 그런데 의외로 중국 학생들은 스마트폰 없이도 일주일 동안 학교에서 잘 지낸다. 어느 누구도 불평불만 하지 않는다. 사람은 참으로 적응의 동물이다.

평소 학생들은 뭘 하고 놀까? 학교에서 즐길 수 있는 오락거리를 스스로 만든다. 그림 그리기, 종이접기, 배드민턴 치기, 술래잡기, 오징어 게임 등등. 이보다 더 건전할 수 없다. 우리나라에 스마트폰이 없던 시절, 여자아이들은 인형 옷 입히기, 남자아이들은 비석 치기, 흙놀이를 하던 것과 비슷하다. '에이~요즘 고등학생이 누가 이러고 놀아~~' 싶을 거다. 나 또한 그랬으니까. 그러나 어느새 나는 학생들과 윷놀이판을 직접 만들어 놀고, '아이엠 그라운드 자기소개하기~ 나는 포도!', '둥글게 둥글게 짝!' 이러면서 수건돌리기를 하고 있다. 게임이 너무 올드했나.

학생들은 서로의 틀린 동작을 지적하며 목젖이 보이도록 웃어 젖힌다. 눈이 오면 눈 뭉치를 뭉쳐 놀고, 비가 오면 빗

소리를 함께 감상하며 사계절의 변화를 눈에 담고 귀에 담는다. 스마트폰 보느라 고개 숙인 채 정수리만 보여주는 한국보다 이런 학생들의 모습이 나는 정말 좋다.

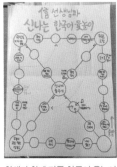
학생과 함께 만든 한국어 윷놀이

수업 외 활동, 수건돌리기

쉬는 시간 학생이 만든 종이 접기 꽃

청사초롱 만들기

디지털에 물들지 않은 쉬창고 학생들. 중국의 고대 철학자인 순자(荀子)가 말하길, "군자는 모든 만물을 부리고, 소인은 부림을 당한다. (君子役物, 小人役于物, 군자역물 소인역어물)"라고 했다. 나는 진심으로 우리 학생들이 인생을 살면서 무언가에게 지배받지 않고, 오히려 다스리는 '군자'의 삶을 살길 바란다. 진정으로 디지털 프리를 외칠 수 있으면 좋겠다. 스마트폰을 손에서 놓아도 이 지구에서 할 게 생각보다 많다.

06

선생님,
저 한국 SKY 대학에
합격했어요!

끝까지 포기하지 않는다면
다다를 수 있다는 것을 증명해 준
나의 학생들에게 고맙다.
이 성공의 경험으로
부디 학생들의 인생이
선순환 궤도로 올라설 수 있게 되길
진심으로 바란다.

중한반 교실

매년 3월부터 시작되는 중한반은 한글의 모음, 자음부터 시작한다. 그리고 그해 10월, 이듬해 4월, 총 두 번의 TOPIK(한국어능력시험) 시험을 치른다. 자신이 획득한 등급에 따라 한국의 대학을 선택하여 입학원서를 넣는다.

국제부가 있는 로컬 공립학교에는 보이지는 않지만 확연한 피라미드 계층이 존재한다. 쉬창고의 경우, 상층부에 놓인 일반부의 칭베이반, 그 아래 일반부의 보통반, 그 아래 국제부의 국내반, 가장 밑 국제부의 중한반이다. (*부록03. 일반부과 국제부 참고)

국제부는 중카오 성적에서 커트라인 미달로 입학이 불가능한 학생들이 지역 내 제1의 명문 고등학교에 입학하기 위해 비싼 학비를 지불하고 입학한다. 그중에서도 중한반을 선택한 학생들은 국제부 국내반에서 다시 한번 경쟁에서 떠밀려온 친구들이다. 기본적으로 학습태도가 불량하고, 자격지심과 패배의식이 깊숙이 스며 있다. 물론 중국 내 우수한 학생들로 구성된 중한반도 있다는 것을 익히 들어서 알고 있다. 그러나 내가 겪은 학교에 대한 이야기이니 오해 없길 바란다.

수업 초반 나를 가장 힘들게 했던 부분은 학생들의 태도 불량이었다. 새로 온 외국인 선생님에 대한 호기심은 일주일을 넘기지 못했다. 옆 친구와 떠들고 낙서하는 것은 기본,

집중력이 10분 이상을 넘지 못했다. 턱을 팔에 괴거나 의자에 눕다시피 기대서 수업을 듣는 학생들, 팔짱 끼고 좀처럼 펜을 손에 들지 않는 학생들, 숙제는 과감히 패스, 시험엔 커닝, 기괴한 방법으로 조는 학생들, 책 한 권 펼 수 없을 정도로 난장판인 책상, 교실 곳곳에 쓰레기 더미, 대학입시반이라고 하기에 믿기지 않는 너무나도 충격적인 상태였다. 학습 태도뿐 아니라 생활 전반적인 모습에서 형편없었다. 살면서 처음 접해본 교실 풍경에 나는 당황스럽기 그지없었다.

중국 드라마나 영화에는 학생들이 각 잡고 앉아 전혀 흐트러짐 없이 수업에만 집중하던데. 역시 드라마와 내가 서 있는 현실은 지극히도 달랐다. 이 지역 학생들의 특징인가 싶었는데 유독 이곳 중한반에 온 친구들이 극성이었다. 같은 학교 안에 있지만 일반부 교실 분위기는 천지 차이였다. 매우 엄격한 분위기 속 수업이 진행되고 있었다. 나는 그 모

일반부 학생들의 교실, 야간자습 시간

습이 한없이 부러웠다. 일반부에서는 감히 할 수 없는 행동들을 이곳 중한반에 와서 과감하게 하는 학생들을 보며, 학생들을 이분화하여 낙인찍고 싶지 않았지만 이 학생들이 왜 이곳에 떠밀려오게 되었는지 어느 정도 이해가 되었다.

가장 큰 난관, 心

외면적 행동양식을 이끄는 학생들의 내면세계도 걱정거리였다. 성공의 경험보다는 실패의 경험을 거듭해온 학생들은 어차피 열심히 해도 실패로 끝나버린다는 것을 자신들의 경험으로 알고 있다. 무슨 일을 하든 의욕이 없고, 금방 포기하는 게 습관이 되었다. 대학에 가고자 하는 욕망은 있지만, 욕망을 뛰어넘을 의지와 끈기가 전혀 없어 보였다.

학생들은 조금만 어렵거나 지루하면 어느 순간부터 따라오지 않았다. 어려우면 시도조차 하지 못하고, 지루하면 이미 해봤다고 거들먹거린다. 막상 시키면 다 틀리면서 마스터를 하지 않은 채 대충 넘어가 주길 원한다. 그저 새로운 것만 배우고 싶어 한다. 그러나 한국어의 모음, 자음을 모르는데 단어와 문장을 가르칠 수는 없는 일.

학생들에게 가장 시급한 것은 인내를 통한 성공의 경험이었다. 먼 훗날 이뤄낼 거창한 성공이 아니라 자음과 모음을 익혀 단어를 읽을 수 있게 하고, 단어를 연결해 문장을 만들고 말할 수 있게 하는 오늘의 성공 말이다. 이 작은 성공들을 쌓아 성취감을 느끼고, 이 성취감이 다시 동기부여가 되는 선순환의 과정을 나는 만들어주고 싶었다. 경험해 본 사람은 그 희열을 잊지 못할 것이다.

그런데 2달쯤 지났을까. 여전히 자음, 모음을 익히지 못하는 의지 0%인 학생을 보면서 자신만만하게 시작했던 나 스스로가 자괴감에 빠지기 시작했다. 아마도 4월 말이 나에게도 한국 귀국을 생각할 만큼 최대 고비였던 것 같다. 부모, 교사들도 모두 포기한 학생들인데, 나라고 뾰족한 수가 있을까. 사실 나조차도 6개월 뒤 학생들의 변화를 예측하기 어려운 상태였다. 나의 잔소리는 수위가 점점 높아졌다.

이 과정에서 중도 하차한 학생들도 몇몇 있다. 이때 나는 중한반을 떠나가는 친구들을 바라보는 우리 반 학생들의 흔들리는 눈빛을 읽었다. 그들을 따라서 떠나갈 용기도, 그렇다고 남아서 성공할 자신도 없는 중한반 학생들. 마지막 희망을 걸고 도전하는 중한반에서조차 실패의 경험으로 끝나버린다면, 어쩌면 이들 인생에 다시는 좋은 기회가 없을지도 모르겠다는 생각이 들었다. 교사인 나에게도 도전적인 과제와 같은 학생들이었다.

학생들의 작심삼일, 중국어로는 3분의 열정(三分钟热度)
재미있게 한국어를 가르치겠다고 마음먹었지만 무기력한 학생들을 일으켜 세우기 위해 내가 할 수 있는 선택은, 웃음기 뺀 악역을 자처하는 것이었다. 더 이상 웃지 않는 선생님을 보며 학생들은 슬슬 눈치를 보기 시작했다. 조용하게 타이르던 선생님이 갑자기 무섭고 엄하게 꾸짖는다. 사정없이 야단치는 선생님을 보며 학생들의 기강은 조금씩 잡혀가는 듯 보였다. 사람의 마음이 참 간사하다. 웃으며 지시하면 숙제를 하지 않던 학생들이 화내면 어떻게든 해낸다. 이 틈을 타 학습과 생활 규칙을 만들었다. 학습 관련 규칙은 단 2가지였다.

1. 수업 시간에 딴짓하지 않기
2. 숙제 제때 제출하기

이 두 가지만 잘 지켜준다면, 나는 2학기에 TOPIK 급수는 물론 한국어로 발표를 할 수 있는 수준으로 만들어줄 자신이 있었다. 선생님만 믿고 따라오라는, 애절하면서도 확신에 찬 나의 눈빛에 '아야어여'도 겨우 하는 학생들은 다들 시큰둥, 의심쩍은 표정이었다. 후~ 불면 금방이라도 꺼질 듯한 학생들의 의지를 살려내야만 했다.

작심삼일, 중국어로는 3분의 열정(三分钟热度)이라고 한다. 그들의 결심이 오늘은 불끈했다가 내일은 시들시들 져버리는 탓에 반 분위기가 오락가락했다. 그러나 리셋되는 의지를 3분마다 다시 다질지언정 매일 작심(作心)을 하게 했다. 따라오지 않으려는 학생들을 혼내기도, 어르고 달래기도 하며 거의 멱살 잡고 끌고 오다시피 했다. 꽤나 힘들었지만 내가 견뎌야 하는 시간이기도 했다.

매번 "멍 때리지만 말고 펜을 들고 필기를 해!", "입 열어 대답을 해!", "중요하니 빨간색으로 표시해!" 등등 원초적인 지적을 해야 학생들은 겨우 하는 시늉을 했다. 매번 뚜껑 열리게 하는 나날들이 지속되며 나는 급기야 급성 혈압이 생기고 말았다. 시험을 앞두고는 혈압성 두통에 약을 달고 살아야 할 정도였다. 마치 내가 수험생인 양 혼자 애끓고 위태위태한 시간을 보내고 있을 때 그저 여유가 흘러넘치는 학생들을 볼 때면 야속하기만 했다.

학생들의 수업 참여를 위해 시도한 방법 중 가장 효과가 좋았던, 스스로 칠판에 써서 설명하기

지독한 성장 중인 학생들, 그리고 나

TOPIK 시험을 앞두고는 미리 포기해버리려는 학생들이 속출했다. '그래, 그런 나약한 멘탈로는 뭐든 실패한다. 포기하고 싶음 해라! 나도 할 만큼 했다!'라는 말이 목구멍까지 솟구쳐 올랐지만 꾹꾹 삼켰다. "충분히 잘하고 있어.", "할 수 있어!", "지금 이대로라면 최소 4급은 받을 수 있지만, 포기하면 무급이야!" "마지막까지 최선을 다하면 결과는 바뀐다."라는 말로 끊임없이 설득했다.

학생들의 멘탈 관리를 해주다가 내 멘탈이 나간 적이 한두 번이 아니다. 속은 부글부글 끓었지만 내가 꺼낼 수 있는 최대치의 인내심과 의연한 모습을 학생들에게 보여 주어야 했다. "뼈를 깎는 고통이 있어야만 비로소 성장한단다. 지금 고통스럽게 느껴진다면 기뻐해야 할 일이야. 성장하고 있다는 증거이니까. 그 고통을 기꺼이 즐기렴." 이렇게 말하며 고통을 자연스러운 현상으로 즐겁게 받아들여야 한다고 다독였다. 하지만 사실 나 역시 지독한 성장 중이었던 것 같다. 꽤나 고통스러웠으니 말이다.

한편으로는 솔직히 우리나라에서 SKY 대학에 가려면 전 과목 골고루 상위권에 들어야 하는데 이들은 TOPIK 급수만 있으면 되는걸. 이 유리한 조건에도 뭘 그리도 못하겠다고 찡찡대는지 도무지 이해되지 않기도 했다.

단 한 번의 성공만이라도

학생들 때문에 전전긍긍하는 나를 보며 중국 선생님들은 왜 그렇게까지 하느냐고, 부모도 어쩌지 못하는 자식을 선생인 네가 바꿀 수 있을 것 같냐고 질문했다. 나도 잘 알고 있다. 어느 한 사람을 나의 자력으로 바꿀 수 없다는 것을. 나의 목표는 학생들의 일생을 바꾸는 것에 있지 않았다. 그저 실패를 거듭해 자존감이 바닥인 이들에게 단 한 번의 성공을 경험하게 해주는 것이었다. 이 긍정적인 경험이 새로운 변화를 일으킬 수도 있으니까. 한편으로는 제대로 배우지 못한 학생들을 그저 TOPIK 최소 등급만 취득하게 해서 SKY 대학에 진학시킨다는 것이 교사로서 꽤 꺼림칙한 일이었다. 대학입시를 위해 죽을힘을 다하는 한국 학생들에게도 미안한 일이고.

다행스럽게도 첫 번째 TOPIK 시험에서 쉬창고 중한반 개설 20년 이래 최초로 최고 등급인 6급 합격자가 배출되었다. 게다가 80% 이상의 학생들이 급수를 취득해 한국 SKY 대학에 합격하는 쾌거를 이뤄냈다. 대학에 갈 수 없을 거라고 자포자기했던 학생과 학부모들은 믿기지 않는 성적과 결과에 놀랐다. 스스로에 대한 의심이 자신감으로 뒤바뀌는 순간은 이렇게나 빨리 찾아왔다.

나는 학교 지도자와 학부모들로부터 많은 감사의 인사를 받았다. 특히 학생으로부터 "자신을 끝까지 포기하지 않아서 고맙다."라는 인사를 받았을 때는 가슴이 벅차올랐다. 교사로서 가장 뿌듯한 순간이 아닐 수 없다.

살면서 '진심'이 통하지 않는 사람들, 순간들이 얼마나 많은가! 지쳐 있던 지난 나를 위로하고 격려해 주는 것만 같아 그 여운이 오래 지속되고 있다. 끝까지 포기하지 않는다면 다다를 수 있다는 것을 증명해 준 나의 학생들에게 고맙다. 이 성공의 경험으로 부디 학생들의 인생이 선순환 궤도로 올라설 수 있게 되길 진심으로 바란다.

■ **VPN**

· 중국 생활의 필수템이다.

· 중국은 인터넷 감시 및 검열 체제를 구동하여 해외 사이트 접속을 차단한다. 따라서 중국에서 카카오톡, 유튜브, 인스타그램, 구글, 페이스북 등의 사이트 및 앱의 접속은 불가하다. SNS 소통은 물론 수업에 필요한 영상 접속에 제한이 있다.

· 중국에서 해외 사이트에 접속하려면? 인터넷을 우회시켜 주는 VPN을 통해 접속 가능하다. 컴퓨터나 스마트폰 등 어느 기기에나 설치할 수 있어 쉽게 이용할 수 있다.

· 무료VPN vs 유료VPN: 수업 자료 또는 영상 자료를 찾아야 한다면 유료 VPN을 추천한다. 무료 VPN은 끊김 현상이 자주 발생한다는 단점이 있다. 유료는 속도가 비교적 빠르고 보안이 보장되는 편이다. 매월 30~50위안(한화 6,000~10,000원) 정도면 꽤 괜찮은 속도로 편하게 이용 가능하다.

· 참고: 중국에서 자주 사용하는 SNS및 영상 채널 앱으로 틱톡(tiktok, 抖音), 샤오훙슈(xiaohongshu, 小红书), 비리비리(bilibili, 哔哩哔哩), 요우쿠(youku, 优酷) 등이 있다.

■ **토픽(TOPIK) 자료 및 수업 외 활동**

1) 입시 위주의 한국어 자료: 중국 고등학교 중한반은 TOPIK

급수 취득을 위한 시간표가 전면 배치된다. 주로 TOPIK 기출문제 교재 위주로 수업이 이루어지지만 교사 본인만의 자료가 있으면 학생에게 큰 도움을 줄 수 있다. 예를 들어, 시험 출제 동향을 파악하여 모의고사를 직접 만들어 본다거나 중국 학생들이 고득점을 받기 어려운 영역인 '쓰기' 주제를 선정해 작문을 써 보게 하는 등 자신만의 특화된 교육 커리큘럼을 만들어보는 것이 좋다. 필자의 경우 예상했던 '쓰기' 문제 중 하나가 실제 문제와 흡사하게 출제돼 학생들이 고득점을 받은 경험이 있다. 결국 자신만의 커리어 및 교육 자산이 될 것이다.

2) 수업 외 활동: 입시 위주의 학문 중심 교육을 지향하는 중국의 학교 현장에서 수업 외 활동을 진행하기란 쉽지 않다. 그러나 학교 측에서 허락하는 범위 안에서 다양한 시도를 해보기를 권한다. 중국 학생들의 사고는 교과서 안에 머물러 있는 경우가 많아 이들의 지각과 생각을 확장해 주는 일은 매우 중요하다. 창의적 체험, 동아리 활동, 공동체 교육 등의 프로그램을 한국 문화와 엮어 진행한다면 금상첨화. 필자의 경우, 교실 밖 예체능 활동, 문화 프레젠테이션, 공모전 참가, 독서를 통한 사고 확장, 언어를 통한 레크리에이션, 소풍 등등을 직접 기획하여 실행한 바 있다. 학생들이 교실 밖 자연, 사물, 환경에서 체득하는 바는 분명 교실 안과 다른 점이 있다. 교사는 학생에게 다양한 학습 환경을 제

공해 지식을 확장시키고, 창의적 발상을 키워줄 수 있어야
한다.

3) 전인적인(지성, 감성, 의지) 능력 배양: '지성'만을 지나치게 강
조하는 학교 현장이다 보니 중국 학생들에게 도덕성 결여
현상이 나타난다. 21세기 융합인재 양성을 위해 감성(특히,
인간다움)과 의지도 고루 갖출 수 있도록 격려하는 것이 좋겠
다. 학생들의 인생 멘토로 진심을 다하면 시간이 지나도 학
생들은 온몸으로 기억한다.

■ 고등학교 하루 시간표

午　別	项　目	起止时间
早晨	起　床	5:50（6:00集合）
	早　操	6:05—6:15
	早　读	6:15—6:50（清北部、高三文科部、学科营） 6:15—7:00（高三理科部、国际部）
上午	预　备	7:30
	第一节	7:40—8:20
	第二节	8:30—9:10
	第三节	9:20—10:00（公共自习）
	大课间	10:00—10:20
	第四节	10:25—11:05
	第五节	11:15—11:55（清北部、高三文科部、学科营） 11:15—12:05（高三理科部、国际部）
下午	午　休	12:40—14:00
	预　备	14:20
	第一节	14:30—15:10
	第二节	15:20—16:00
	大课间	16:00—16:20
	第三节	16:20—17:00
	第四节	17:10—17:50（清北部、高三文科部、学科营） 17:10—18:00（高三理科部、国际部）
晚上	预　备	18:40
	第一节	18:50—19:30
	第二节	19:40—20:20
	第三节	20:30—21:10（学科营）
	第四节	21:20—21:55（高三年级、国际部） 21:20—22:00（清北部）
	寝室熄灯	22:20

注：此表自2021年5月3日起执行。

■ 군사훈련

2021년 3월, 중국 교육부는 군사훈련을 전국 모든 고등학교의 정규 과정으로 신설하도록 하는 <학생 군사훈련 방침>을 발표하였다. 과거에도 군사훈련이 있었으나 명확한 기준이 없었고, 비체계적인 관리 시스템으로 학교마다 훈련 기간과 내용이 제각각이었다. 이러한 폐단을 바로잡고 기강을 확립하기 위한 중국 당국의 강력한 조치로, 2021년 8월 1일부터 전국적으로 시행되었다.

훈련 기간

훈련 기간이 매우 엄격해졌다. 고등학교는 7~15일, 1교시는 40분으로 구성, 군사훈련 총 이수 시간은 최소 56시간 이상이어야 한다. 즉, 최소 월요일부터 일요일까지 7일간 하루 8시간 꼬박 훈련받아야 한다는 뜻이다. 만약 이유 없이 군사훈련을 거부하거나 참여하지 않으면 학적관리 규정에 따라 결석 처리가 된다.

훈련 내용

중, 고, 대학생 단계별로 훈련 내용은 점차 심화한다. 고등학생 단계에는 기본 군사 지식과 기본 군사 기능 두 부분으로 이루어져 있다.

- 기본 군사 지식: 인민군의 발전과 전통, 현대의 국방체계, 국가 안전에 대한 국민의 책임, 주요 무기 장비 소개(탱크, 대포, 미사일, 함정, 전투기, 위성 등), 군영 직관 체험 등.
- 기본 군사 기능: 제식훈련, 모의 훈련, 전술 동작, 격투기, 체력 단련, 응급 구조, 의료 상식 등.

훈련 대상

고등학교에 갓 입학한 새내기들이다. 신학기(중국은 9월 학기가 1학기이다.)에 남녀 학생 구분 없이 모두 군사훈련을 받아야 한다.

평가

필기시험, 과제, 수업태도, 출결 상황을 종합하여 평가한다.

- 성적: 4개 등급(우수, 양호, 합격, 불합격). 군사훈련 성적은 학생 생활기록부에 기록되어 추후 군 지원 시 병역 등기(登記)의 중요 자료로 활용된다.

■ 식당메뉴

许昌高中南餐厅菜谱
2022年4月25日~2022年5月1日 (一楼)

		1号窗口	2号窗口		3号窗口		4号窗口		5号窗口		6号窗口	
早		6元套餐	6元套餐	牛肉胡辣汤	6元套餐	胥拌面	烧饼夹馍	鸡肉饼	馅饼	6元套餐	牛肉胡辣汤	丸子汤
		炒花菜	清炒土豆丝	鸡蛋+油饼	炒花菜					炒花菜	鸡蛋+油饼	
		醋溜小豆芽	烧香鲶鱼		醋溜小豆芽					醋溜小豆芽		
		白菜豆腐	烧茄子		白菜豆腐					白菜豆腐		
		鸡蛋+馒头	鸡蛋+馒头		鸡蛋+馒头					鸡蛋+馒头		
								大米粥				

		1号窗口	2号窗口		3号窗口		4号窗口		5号窗口		6号窗口	
中	炸酱面	8元套餐	意大利面条	10元套餐	10元套餐	10元套餐	10元套餐	10元套餐	10元套餐	鸡块拌饭	10元套餐	炒肉拌饭
		鱼香肉丝	芝士大米	烩菜	大盘鸡块	鱼香肉丝	红烧肉	红烧肉	大盘鸡块			腐菜鱼
		西红柿鸡蛋		馒头	家常豆腐	家常豆腐	炒上海青	炒上海青	西红柿鸡蛋			大米饭
		炒芹菜			西红柿鸡蛋	炒芹菜	炒凉粉	家常豆腐	炒凉粉			
		大米饭			花菜肉丝	花菜肉丝	包菜炒肉片	包菜炒肉片	大米饭			
					大米饭	大米饭	大米饭	大米饭				
							绿豆汤					

		1号窗口	2号窗口		3号窗口		4号窗口		5号窗口		6号窗口	
晚	米线	6元套餐	6元套餐	6元套餐	鲜肉包	胥拌面	烧饼夹馍	酱饼卷肉	炸鸡腿	馄饨	土豆粉	丸子汤
		虾米冬瓜	炒大豆芽	虾米冬瓜								
		杏鲍菇炒肉丝	花菜肉丝	杏鲍菇炒肉丝								
		胡萝卜土豆丝	卤干张	胡萝卜土豆丝								
		馒头	馒头	馒头								
							大米粥					

중국의
학교 제도,
낱낱이
파헤쳐 보자!

부록

01
중국의
학기제와 방학

    중국 공립학교의 학년제는 총 12학년제로 우리나라와 동일하다. 소학(小学, 초등학교) 6년, 초중(初中, 중학교) 3년, 고중(高中, 고등학교) 3년이다. 여기서 잠깐! '초중'을 초등학교라고 오인하는 사람들이 많은데 중학교이다. 초등학교, 중학교 9년까지 의무교육에 해당한다.

    중국의 학사일정은 우리와는 달리 9월에 신학기가 시작된다. 1학기는 9월부터 1월까지, 2학기는 설(춘절) 연휴 이후인 2월부터 7월까지이다. 이에 따라 매년 중국의 9월은 초, 중, 고, 대학교에 입학하는 신입생들의 기대와 설렘으로 가득한 달이다. 같은 시기 한국에서는 수능을 불과 두 달 앞두고 극도로 불안하고 초조한 열병의 시간을 보내는 것과는 대조된다. 우리나라는 수능이 겨울에 치러지는 반면 중국은 까오카오(高考: 대학수학능력시험)가 여름에 시행된다. 두꺼운 코트가 아닌 반소매 차림으로 수능 고사장에 입장하는 것도 우리에겐 이색적인 풍경 중 하나라고 할 수 있겠다. 까오카오가 끝나면 고3 학생들은 6월 말에 고등학교를 졸업한다.

고등학교 휴학제도

흔하지 않지만 고등학교에도 휴학제도가 있다. 휴학 기간은 1년이다. 휴학 도중 철회할 수 없어 중간에 복학이 불가하고, 1년을 무조건 채워야 학교로 돌아올 수 있으므로 신중히 결정해야 한다. 복학 후에는 자신보다 한 학년 아래 학생들과 공부해야 하기 때문에 웬만하면 휴학하려고 하지 않는다.

우리 반에는 학업이 너무 힘들어 자의로 휴학한 학생, 학교폭력에 휘말려 타의로 휴학한 학생의 케이스가 모두 있었다. 시작은 1년을 집에서 쉬며 자율적으로 공부하겠다고 다부진 각오를 드러냈지만, 학교에서도 지키지 못한 규율을 집에서 지킬 리가. 아무것도 안 하고 그저 쉬는데 1년이라는 시간은 생각보다 매우 길다. 학생과 학부모 모두 시간 낭비였다며 자신의 선택을 후회한다.

휴학 기간이 길다 보니 학업에 뜻이 없거나 가정환경이 어려운 일부 학생들이 중도에 공장 등에 취업해서 고등학교 졸업장을 포기하는 일도 더러 생긴다. 그 외에는 대부분 1년 후 다시 복학을 신청한다. 만약 기간 내 복학하지 못하면 자퇴 처리를, 2년 이상 휴학 시 퇴학 처리를 한다. 고등학교의 경우 3학년 2학기부터는 원칙적으로 휴학이 불가하다.

중국 고등학교의 방학

중국의 방학은 지역마다 학교마다 그 시작과 끝이 모두 다르다. 통상적으로 여름방학은 7~8월, 겨울방학은 1~2월로 기간은 보통 3주, 길면 4주이다. 그러나 이곳 쉬창고의 방학은 유난히 더 짧다. 공식적으로는 여름방학 4주, 겨울방학 3주인데 방학 기간에 2주의 보충수업을 한다. 말이 보충이지 아침 6시부터 저녁 10시까지 정규 수업 시간표와 똑같다. 그러나 고1,2 학생의 경우 학교 재량으로 보충수업을 1주일 정도 단축해 준다. 같은 고등학교 내에서도 고3 학생과 고1,2 학생의 방학 기간이 다른 이유이다. 결론은 고3 학생의 방학은 보충수업을 제외하면 여름방학이 2주, 겨울방학이 1주밖에 안된다. 겨울방학 1주마저도 법정공휴일인 춘절(설) 연휴 1주일과 겹쳐 사실상 겨울방학이라고 할 수도 없다. 고3 수험생에겐 절대적으로 휴식의 시간을 허락하지 않겠다는 학교의 결연한 의지를 보여준다. 고3 반의 담임, 교과 과목 선생님들 역시 1년 365일을 거의 쉬지 못한다.

중국의 법정공휴일

방학 외에도 중국은 법정공휴일이 제법 많다. 매년 날짜는 다소 다르지만 휴무일은 같다.

▶ 2022년 법정공휴일 ◀

신정(元旦: 1월 1일~3일) 3일 휴무

춘절(설, 春节: 1월 31일~2월 6일) 7일 휴무

청명절(清明节: 4월 3일~5일) 3일 휴무

노동절(劳动节: 4월 30일~5월 4일) 5일 휴무

단오절(端午节: 6월 3일~5일) 3일 휴무

중추절(추석, 中秋节: 9월 10일~12일) 3일 휴무

국경절(国庆节: 10월 1일~10월 7일) 7일 휴무

시험 제도
– 중카오와 후이카오

중국 학생들에게 까오카오(高考: 대학수학능력시험) 외에 중요한 시험 두 종류가 있다. 첫 번째는 중학생들의 고입 선발고사인 중카오(中考), 두 번째는 고등학교 졸업시험인 후이카오(会考)이다.

중카오, 제1의 명문고에 진학하기 위한 중학생들의 전쟁

중카오(中考)는 중학교 졸업시험(初中毕业考试, The Academic Test for the Junior High School Students)의 줄임말이다. 중학교 졸업장 발급의 필수조건이자 고등학교 진학의 기본 근거가 되는 시험이다. 중국은 중학교까지만 의무교육에 해당한다. 따라서 중국의 고등학교에 진학하기 위해서는 의무교육이 끝나는 만 14~15세에 모든 중학생이 고교 입시 시험인 중카오를 치러야 한다. 우리나라가 비평준화 시스템으로 전환되며 고입선발고사를 폐지한 것과는 대조적이다. 중국 고등학교 진학은 전적으로 학생의 의지와 부모의 역량에 따라 결정된다.

중카오는 중국의 각 성(省), 직할시, 자치구별로 운영된다. 지역별 커트라인이 정해져 있는 절대평가이다. 시험 기간, 시험 과목, 총점수가 지역별로 조금씩 상이하다. 그러나 동일한 지역 내에서는 통일해서 실시하고 있다.

시험은 보통 2학년 2학기, 3학년 2학기인 6월 20일 전후로 2~3일간 시행된다. 시험 과목은 중국어(语文), 수학(数学), 영어(英语), 물리(物理), 화학(化学), 역사(历史), 도덕과 정치(道德与法治), 지리(地理), 생물(生物), 정보기술(信息技术), 체육(体育) 등의 과목이 있다. 시험 과목이 많은 학교의 경우 학년별

2022년 6월, 쉬창시(许昌市) 중카오 현장

로 나눠서 시험을 치르기도 한다.

이날만큼은 법정공휴일에도 쉬는 법이 없는 고등학생들에게 강제 휴일을 주니 중국 사람들이 중카오를 얼마나 중요하게 생각하는지 짐작할 수 있으리라. 도로에 깔린 공안(경찰)들도 아수라장이 된 현장을 쉬이 통제하지 못할만큼 이들의 열기는 뜨겁다.

중카오 성적이 중요한 이유

중국에서는 까오카오(대학수학능력시험) 못지않게 중카오 시험 성적이 매우 중요하다. 중카오 점수에 따라 지원할 수 있는 고등학교가 제한되기 때문이다. 중국의 고등학교는 여러 조건에 따라 차등화 되어 있다. 상위부터 공립(중점) 고등학교, 사립 고등학교, 직업학교 순이다.

대부분의 중국 학생들은 공립에 해당하는 중점(重点) 고등학교에 진학하기를 희망한다. 중점 고등학교는 대학 진학률이 높고, 역량 있는 교사 자원을 갖추고 있기 때문이다. 그러나 중국 내 명성이 높은 학교인 만큼 중카오 점수가 높아야만 진학할 수 있다. 중국은 내신이 없기 때문에 오로지 중카오 성적만으로 평가한다. 만약 중학교 3년 내내 공부를 잘하던 학생이 중카오 시험을 못 봤다면 중점 고등학교에 진학할 수 없다. 그만큼 매우 중요한 시험이다.

내가 근무하는 쉬창고등학교(許昌高級中学)는 지역 내 '제1의 명문고'라고 불리는 중점 고등학교이다. 소위 말해 이 지역 내 중학교에서 가장 공부를 잘하는 학생들이 모인 고등학교이다.

중점 고등학교에 진학하려는 이유

그렇다면 왜 기를 쓰고 중점 고등학교에 진학하려고 하는 걸까? 중점 고등학교는 대체로 학습의 질을 보장한다. 이는 대입 성적에도 큰 영향을 미친다. 중국은 어떤 고등학교에 진학하느냐가 대학 입학에 90% 이상을 차지한다고 해도 과언이 아니다. 명문(중점) 대학에 가기 위해서는 명문(중점) 고등학교에 가야 하고, 명문(중점) 고등학교에 가기 위해서는 고등학교 입학시험인 중카오를 잘 봐야 한다. 결국 중카오는 차후 대학 입학에 매우 중요한 첫 연결고리인 셈이다.

중카오에서 커트라인에 들지 못하면 사립학교나 직업학교(우리나라 실업계)를 선택할 수밖에 없다. 이 학교들은 통계적으로 대학 진학률이 매우 낮은 편이다. 중국에서는 명문(중점) 고등학교에 들어가지 못하면 중국의 명문(중점) 대학(*985, 211 대학7)) 입학은 불가하다고 판단한다.

---

7) 211공정, 985공정에 지정된 대학교는 우리가 흔히 말하는 명문대를 뜻한다.
 • 211공정(Project 211)은 덩샤오핑(邓少苹)이 21세기를 대비해 일류대학 100개를 중점적으로 육성하기 위해 만든 국가중점대학이다. 211대학으로 선정된 대학은 116개다.
 • 985공정(Project 985)은 1998년 5월, 베이징대학 개교 100주년을 맞아 당시 중국의 주석 장쩌민(江泽民)이 주도한 교육 정책이다. 중국 국가 주도 하에 세계적 수준의 일류대학을 양성하는 데 목적이 있다. 211공정의 116개 대학 중 단 39개 상위 대학만을 지정하여 중국 정부의 지원을 쏟으며 인재를 육

고등학교 졸업시험, 후이카오

우여곡절 끝에 고등학교에 입학하면 수능시험과는 별개로 졸업하기 위해 치러야 하는 시험이 있다. 바로 '후이카오(会考: unifiedexams)'라고 불리는 고등학교 졸업시험이다. 후이카오는 1990년 고등교육의 질을 향상시키기 위해 실시되었다. 전국의 고등학생이 학교를 졸업할 수 있는 능력이 되는지를 평가하는 시험이다. 고교 졸업장 발급의 필수조건이다. 다시 말해 후이카오를 통과하지 못하면 졸업장이 아닌 수료증만 받을 수 있다. 중국에서 유학하는 외국인 유학생들도 후이카오에 합격해야만 중국 교육부 인증 고교 졸업장 취득이 가능하다.

후이카오도 중카오와 마찬가지로 일반 고등학교 교과과정 기준 및 시험 규정에 따라 지역별 교육 행정부서에서 조직하여 시험을 실시한다. 동일한 성(省) 내에서는 시험시간 및 문제를 통일한다. 시험은 고등학교 2학년~3학년 기간에 실시된다. 시험 과목은 중국어(어문), 수학, 외국어, 통용 기술, 정치, 물리, 화학, 생물, 역사, 지리 총 10과목이다. 후이카오는 통합적인 교양을 갖춘 교육을 목적으로 하기 때문

성한다. 베이징대학, 칭화대학, 푸단대학 등이 이 프로젝트에 속한다.
• 211공정과 985공정에 같이 지정된 대학을 쌍일류(双一流)라고 하며, 중국의 최고 명문 대학교이다.

에 문, 이과생 모두 과목 구분 없이 전 과목 시험을 치른다. 시험 과목이 많은 만큼 고등학교 2학년과 3학년 동안 나눠서 치르는 곳도 있고, 고등학교 2학년에 한꺼번에 치르는 학교도 있다.

시험 성적은 과목별로 우수(A), 양호(B), 합격(C), 불합격(D)의 4개 등급으로 구분하여 평가한다. C 이상이면 합격이다. 100점 만점에 60점 이상이면 합격이라고 생각하면 된다. 시험문제도 어렵지 않은 편이다. 그러나 전 과목을 모두 통과해야 고교 졸업장이 나오기 때문에 학생들에게 부담되는 시험임은 분명하다. 만약 통과하지 못했을 경우 다음 해에 과락한 과목만 재시험을 보면 된다.

일반적으로 후이카오 성적이 중국의 대학입시에 큰 영향을 미치지는 않지만, 일부 명문 대학 혹은 외국 유학 시에는 여전히 후이카오 성적을 중요하게 보고 있다. 그러니 오직 하나의 목표, 대학입시까지는 그 무엇 하나 소홀할 수 없다.

03
일반부와
국제부

중카오가 끝나면 학생들은 자신의 성적에 맞춰 고등학교를 선택한다. 먼저 일반 고등학교와 직업 고등학교 중에서 자신의 진로 방향을 정한다. 일반 고등학교를 선택했다면 그중에서도 다시 어느 곳을 가야 할지 선택해야 한다. 중국 내 고등학교의 종류는 공립, 사립, 국제, 외국인 고등학교 등으로 다양하다.

국제부가 개설된 공립 고등학교

중국 공립 고등학교에 일반부와 국제부가 나누어져 있는 학교가 있다. 이곳 쉬창고등학교가 그러하다. 이 지역에서 유일하게 국제부가 개설된 고등학교이다.

쉬창고등학교의 일반부와 국제부에는 약 6천여 명의 학생이 있다. 학년마다 1,500~1,800여 명의 학생이 있다. 학생 수가 워낙 많다 보니 일반부는 학년마다 30여 개 반으로 나뉜다. 각 반은 50~60명의 학생으로 구성된다. 일반부는 다시 칭베이반(请北部)과 이과반, 문과반으로 나뉜다. 칭베이반은 칭화대, 베이징대를 목표로 하는 특수반이다. 성적이 뛰어난 학생(1,800여 명 중 100등 이내)을 선발하여 다소 학업 수준과 강도를 달리하여 운영한다. 문, 이과반도 성적순으로 오성반(五星班), 사성반(四星班), 보통반(普通班)으로 세분화하여 관리한다.

일반부의 전반적인 시스템은 한국의 고등학교와 큰 차이가 없다. 고등학교 2학년 시기 문, 이과반으로 나뉘며 국, 영, 수, 과학의 입시교육 위주로 공부한다. 이 지역 제1의 명문고인 쉬창고는 모든 중학생이 오고 싶어 하는 고등학교이다. 그러나 일반부 합격 인원수는 제한적이고 커트라인이 높다. 상대적으로 커트라인이 낮은 국제부는 해마다 점수 미달의 학생들을 대상으로 혹은 한국 대학 유학을 내세워 학생들을 모집한다.

일반부와 국제부의 학비는 매우 큰 차이가 난다. 일반부의 연간 학비는 대략 1,000위안(한화 약 20만 원)인 반면 국제반은 1.7만 위안(한화 약 340만 원)이다. 17배 가까이 차이가 난다. 국제부 학생은 성적 미달의 값을 더 지불하고 명문고에 입학하는 셈이다. 이마저도 경제적으로 여유가 있어야 선택할 수 있는 옵션이다. 어찌어찌 국제부에 입학한 후에도 일반부에서 국제부로의 이동은 가능하지만 국제부에서 일반부로는 이동이 불가하다. 애초 입학 시 점수 커트라인이 일반부가 훨씬 높기 때문이다.

국제부를 선택하는 이유

중국 학생들이 국제부를 선택하는 이유는 두 가지 경우이다. 첫 번째, 중국 고등학교 진학에 필요한 중카오 성적의 점수 미달로 일반부에 진학하지 못한 학생들이 국제부를 선택한다. 두 번째, 해외 유학을 희망하여 국제부를 선택하는 경우이다.

첫 번째 이유에 대한 설명을 덧붙이자면, 명문 고등학교일수록 점수 커트라인이 높다. 점수 요건을 갖춘 학생들은 당연히 일반부를 선택한다. 그러나 명문고에 진학하고 싶지만 점수 미달로 자격이 제한될 경우 어쩔 수 없이 국제부로 방향을 돌린다. 국제부는 일반부에 비해 점수 커트라인이 낮다. 2022년 쉬창고등학교 합격 커트라인은 일반부 629.25점, 국제부 563.1점이다. 중카오 점수가 낮은 학생들은 학업 수준이 다소 떨어지는 제2의 고등학교에 가느니 명성 높은 제1의 고등학교 국제부에라도 진학하겠다는 속셈이다. 보통 국제부가 개설된 학교는 지역 내 명문고인 경우가 많다.

쉬창고등학교 국제부 건물

국제부 내 국내반 VS 해외반

국제부는 국내반과 해외반으로 나뉜다. 국내반은 중국 대학 진학을 목표로 한다. 학교행사, 교과목, 시간표 등이 일반부와 거의 동일하다. 고2 시기가 되면 문, 이과반으로 나뉘고 졸업시험인 후이카오에 참여한다.

후이카오를 치르고 나면 이때 갑자기 해외반으로 진로를 변경하는 학생들이 생겨난다. 그 이유는 대학입시까지 채 1년밖에 남지 않은 상황에서 후이카오 성적을 놓고 스스로 자신이 국내 대학에 갈 수 있을지에 대한 현실적인 고민을 시작하기 때문이다. 이때 후이카오 성적은 현재 자신의 위치를 평가할 수 있는 냉혹한 평가 자료가 된다.

물론 소수이지만 처음부터 해외 유학을 목적으로 해외반

을 지정해서 오는 학생들도 있다. 그러나 대부분 후이카오 성적이 좋지 않은 학생들이 국내 대학보다는 훨씬 수월한 해외 유학을 결심한다. 그래서 매년 2월 후이카오가 끝나면 일반부와 국제부 내 국내반 고2 학생들을 대상으로 해외반 학생을 모집한다. 이 학생들은 고3부터 해외반에 배정되어 해외 대학입시를 준비한다.

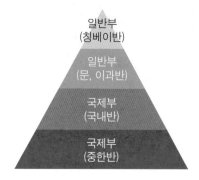

해외반 중 중한반(中韓班)

쉬창고 해외반에는 중한반(中韓班)만 있다. 한국 대학 입시를 목표로 하는 학생들에게 최적화된 교육 커리큘럼을 제공하는 일종의 특별반이다. 허난성은 중국에서도 입시경쟁이 가장 치열하기로 악명 높은 지역이다 보니 한국 유학을 타깃으로 하는 중한반을 운영하는 학교들이 비교적 많은 편이다. 한류의 영향도 있지만, 중국과 가깝고 비용면에서도 다른 국가들보다 메리트가 있기 때문이다.

국제부라 하더라도 지역과 학교에 따라 그 수준이 천차

만별이다. 영미권 국가로 대학 진학을 하려는 학생이라면 중국의 중소도시 공립 국제부는 맞지 않을 수도 있다. 베이징, 상하이, 선전 등 대도시 상위권의 소수 학교 국제부를 제외하고는 영미권 대학으로 갈 수 있도록 제대로 준비시켜주는 학교가 현실적으로 별로 없기 때문이다. 게다가 3~4선 도시[8]는 자녀를 영미권으로 유학 보낼 만큼 생활 수준이 높지 않아 수요도 공급도 적다. 이러한 환경에서 학교 수준, 커리큘럼, 교원의 역량, 교육의 질 등 전반적으로 높은 수준을 기대하기는 어렵다.

---

8) **중국의 도시 규모(1~5선 도시)**
   중국에는 337개의 지급(地级) 이상의 도시가 있다. (2021년 5월 기준) 이 도시들은 도시규모, 도시 인구 수, 경제 발전 수준과 GDP 총량 등 여러 지표에 따라 1선~5선 도시로 나뉜다. 4개의 1선 도시: 베이징(北京), 상하이(上海), 광저우(广州), 선전(深圳) / 15개의 신(新)1선 도시: 청두(成都), 충칭(重庆), 항저우(杭州), 시안(西安), 우한(武汉), 쑤저우(苏州), 정저우(郑州), 난징(南京), 톈진(天津), 창사(长沙), 동관(东莞), 닝보(宁波), 포산(佛山), 허페이(合肥), 칭다오(青岛) / 30개의 2선 도시 / 70개의 3선 도시 / 90개의 4선 도시 / 128개의 5선 도시가 있다. 1선 도시가 가장 경제가 발달한 대도시이다.

04

중국의
리얼 대학입시
– 까오카오

까오카오(高考)는 우리나라 대학수학능력시험에 해당하는 중국의 수능이다. 일반대학 입학 전국통일 시험(普通高等学校招生全国统一考试, Nationwide Unified Examination for Admissions to General Universities and Colleges)의 줄임말이다. 1952년 처음 시행되었고, 1966년~1977년 문화대혁명[9)]으로 인해 11년간 폐지되었다가 1977년 덩샤오핑에 의해 부활하였다. 대륙의 스케일은 대학입시 분야에서도 남다르다. 매년 까오카오에

---

9) 1966년부터 10년간 마오쩌둥이 주도한 사상, 성치투쟁의 성격을 띤 권력 투쟁이다. 중국 정치, 사회, 경제, 문화 등 다방면에서 공격을 받았고, 주요 문화재 등이 모조리 파괴되었다. 중국 사람들에게 지금까지도 뼈아픈 교훈으로 남아있다.

응시하는 인원은 1,000여만 명에 달한다. 우리나라 수능 응시자 509,821명(2022학년도)[10]의 약 20배나 많은 수치이다.

까오카오는 통상적으로 매년 6월 7~8일 이틀간 주말 상관없이 고정적인 날짜에 시행되지만 일부 지역은 3일 혹은 4일 동안 치르기도 한다. 이 시기 무더운 날씨와 더불어 전국에서 입시 열병을 앓는다. 시험 과목은 우리나라 수능 과목과 비슷하다. 중국도 문과, 이과로 구분된다. 시험 공통 과목으로는 중국어(语文), 수학, 외국어가 있다. 여기에 문과는 정치, 역사, 지리가, 이과는 물리, 화학, 생물이 추가된다. 외국어는 영어, 러시아어, 일본어, 독일어, 프랑스어, 스페인어 중에서 선택 가능하다.

문제 유형은 주로 객관식 위주이지만 우리나라에 비해 주관식, 서술형 비중이 높은 편이다. 괄호 넣기, 지문 읽고 답하기, 수학 풀이 과정 쓰기, 논술을 요구하는 작문 등이 있다. 우리나라 수능 수학의 경우 답안의 범위가 1~999의 자연수로 제한돼 소위 찍는 것이 가능하지만, 중국은 풀이 과정을 적어내야 하기 때문에 백지를 내고 나오는 경우도 수두룩하다.

---

10) 한국교육과정평가원 · 교육통계서비스

까오카오 100일 전 행사

　중국에서는 까오카오 성적 통지서 한 장이 자신의 운명을 바꿔 놓을 수 있다고 믿는다. 따라서 이곳 고등학교도 까오카오 식의 학습, 즉 암기 위주의 정해진 공식을 암기, 반복, 훈련하는 데 집중한다. 쉬창고 고3 건물 입구에는 매년 명문 대학에 입학한 졸업생들의 사진과 합격 대학을 빽빽이 적어 놓은 패널을 365일 동안 전시한다. 또 붉은색의 까오카오 D-day를 띄워 날짜를 카운트다운하며 학생들이 수시로 자각할 수 있게 한다.

　매년 까오카오 100일 전, "100일 동안 사력을 다해 수능 성공을 거두자(百日鏖战, 决胜高考)"라는 주제 아래 교내 행사가 매우 성대하게 열린다. 공산당에 소속된 학교 지도부를 비롯한 교사, 학부모, 그리고 행사의 주인공인 2천여 명의 고3 학생들이 한데 모여 수능 돌격을 위한 일종의 결의를

까오카오 D-100 카운트다운 패널　　까오카오 100일 전 기념 행사 개막식

다지는 중요한 행사이다. 1년 중 학생들의 마음이 가장 뜨거운 날이다.

거대한 D-100 카운트다운 패널이 공개되면, 고3 주임, 담임교사들은 100일 출전 깃발을 힘차게 흔들어 대며 운동장 한 바퀴를 돈다. 교사를 수장으로 고3 학생들은 그 뒤를 따른다. 학생들의 표정은 결의, 자신감, 기대에 그득 차 있으며 여느 때와는 사뭇 다른 분위기를 풍긴다.

행사의 하이라이트는 학생들이 용문(龙门)을 거쳐 장원문(状元门)을 통과하는 것이다. 장원은 수석을 뜻한다. 장원문을 통과하는 것은 출세 등용문을 통과한다는 의미와 같다. 즉, 까오카오에서 좋은 성적을 거두기를 기원한다는 뜻이다.

학부모들은 이 가슴 벅찬 순간을 기록하기 위해 연신 플래시를 터트리고 장원문을 통과하는 자기 자녀에게 큰 격려와 축복을 쏟아낸다. 이미 대학에 합격한 것처럼 이날만큼은 이들의 얼굴 가득 화색이 만연하다. 까오카오 100일 전 행사는 학생뿐만 아니라 학부모에게도 이렇게나 중요하다.

까오카오 100일 전 행사의 꽃, 용문(龙门) 통과 퍼레이드

장원문(状元门) 앞에서 학급별 기념 촬영

05

중국은 지역마다
수능 시험지가
다르다?

　한국과 중국의 수능은 비슷하면서도 확연히 다른 점이
있다. 가장 독특한 점은 한국은 전국에서 동일한 시험지로
수능을 치르는 반면 중국은 지역별로 시험문제와 난이도가
다르다는 것이다.

---

*2021년 중국 까오카오 시험지 종류(총 8종)

1) 전국 갑 시험지(全国甲卷): 云南、 广西、 贵州、 四川、 西藏

2) 전국 을 시험지(全国乙卷): 河南、 山西、 江西、 安徽、 甘肃、
　青海、 内蒙古、 黑龙江、 吉林、 宁夏、 新疆、 陕西

3) 신 까오카오 I 시험지(新高考 I 卷): 山东、 福建、 湖北、 江苏、
　广东、 湖南、 河北

4) 신 까오카오 II 시험지(新高考 II 卷): 海南、 辽宁、 重庆

2021년 기준으로 베이징(京), 텐진(津), 상하이(沪) 직할시와 저장(浙)성에서는 지역 자체 출제 시험지로, 그 외 27개 성에서는 4종의 시험지 중 하나를 선택하여 시험을 치렀다.(시험지는 거의 매년 바뀐다) 이처럼 성(省)마다 시험지가 다른 이유는 중국은 지역 간 문화 지식수준 및 교육 편차가 매우 크기 때문이다.

중국은 영토가 넓고, 14억 5천여만 명(2022년)의 인구수를 기록한다. 세계 인구 최다국이면서 56개의 민족이 존재한다. 지역 간, 민족 간의 불균등을 초래할 수밖에 없는 현실이다. 이는 경제 발전의 불균등을 낳았고, 거대한 경제 격차는 다시 교육의 양극화 현상으로 심화되었다.

대체로 개발이 더딘 시골 지역은 대도시와 비교하면 교육여건이 상당히 열악한 편이다. 이로 인해 국가의 통일된 교수 계획을 전국 모든 학교에 적용하기가 매우 어렵다. 동

2021 전국 (갑)시험지_영어

2021 베이징_영어

시에 통일된 교수 목표 달성도 불가능하다. 이에 중국 정부는 지방 출신 수험생에게 공정한 대학입시 기회를 제공하기 위해 전국적으로 동일한 시험지를 채택하지 않는 방법을 택했다. 대신 지역과 자치구마다 다른 문제를 출제해 시험문제와 난이도를 조절한다.

대학별 입학생 쿼터제

중국은 지역별로 명문 대학 입학생 쿼터제를 운영한다. 다시 말해 성, 직할시, 자치구별로 명문 대학에 들어갈 수 있는 정원을 사전에 할당한다. 각 대학에서 지방의 우수 인재를 고려하여 보다 균등하게 다양한 지역에서 학생을 선발하기 위한 배려 차원의 조치이다. 예를 들면, 베이징대의 경우 전체 학생 중 30%는 베이징 지역 출신 학생으로, 70%는 베이징 외 기타 지역 출신 학생으로 선발하도록 미리 정원을 정해 놓는 것이다. 얼핏 보기엔 지방 출신 학생들에게 꽤 괜찮은 배려인 것 같다. 그러나 실상은 그렇지 않다.

2021년 상하이에 소재한 푸단대학(复旦大学)은 자기 지역 출신인 상하이에서 600명을 모집하고 나머지 저장(浙江) 80명, 허난(河南) 92명, 후베이(湖北) 55명 등등 지역별로 입학 정원을 할당했다. 숫자로만 봐도 상하이 출신의 수험생을 우대하고 있지 않은가? 베이징의 상황도 별반 다르지 않다.

대학 소재지 지역의 후커우(户口, 호적)[11]를 가진 입학 정원의 비율을 높게 책정하다 보니 상하이, 베이징에서 태어났다는 이유만으로 일종의 출신 지역 특혜가 형성된다. 반면 중국 내 까오카오 응시자 수가 가장 많이 몰려 있는 지역인 허난성(河南省, 내가 근무하고 있는 지역이다.)은 매년 무려 100~150만 명(2022년 125만 명, 출처: 腾讯新闻)이나 까오카오를 치른다. 한 지역의 응시자 수가 우리나라 전체 수능 응시자 수보다 3배가량이나 많다. 허난성 출신이 베이징대, 칭화대 등의 명문대에 입학하려면 허난성 전체 지역에서 80~90명 안에 들어야 한다. 허난성에는 무려 17개의 지급시(地级市), 1개의 직할현급시(直辖县级市), 21개의 현급시(县级市), 82개의 현(县), 54개의 시할구(市辖区)가 있다.(출처: 百度百科) 생각해보라. 우리나라 50만 명 중 수능 3등 안에 들기가 얼마나 어려운 일인지! 125만 명 중에 80~90등 안에 드는 것 역시 낙타가 바늘구멍을 통과하는 것만큼 어려운 일이다.

반면 상하이, 베이징 지역의 응시자 수는 겨우 5~6만 명에 불과하다. 그러나 할당된 입학 정원은 타지역보다 7~8배나 많다. 베이징, 상하이는 까오카오 응시자 수가 적은 도시 Top3 안에 든다. 이 때문에 베이징, 상하이 등 대도시에

11) 중국 정부의 행정기관이 작성한 거주자 인구에 대한 기본적인 정보를 기재·보존하는 법률문서를 말한다. 국민 개개인의 신분증명서이기도 하다.

소재한 명문 고등학교의 수험생들은 까오카오 제도에서 어느 정도 우위를 선점하고 있다. 이들과 맞서 지방 도시 출신의 학생들은 비교적 고등교육이 발전하지 못한 지역 간 교육 격차와 더불어 입학 정원에 대한 불평등도 겪어내야 한다. 유독 허난성에서 일반대학 대신 군사학교 등 특수대학의 진학률이 높은 이유는 이 때문이다.

지역별 경쟁인 까오카오

이처럼 중국의 수능은 전국 학생들의 경쟁이 아닌 지역별 경쟁 개념에 더 가깝다. 시험 문제지가 다르기 때문에 우리나라처럼 전국 수석, 차석이 존재하지 않는다. 대신 성(省)별로 수석의 개념인 장원(狀元)이 존재한다. 베이징의 장원(수석), 허난성의 장원(수석) 등 지역별로 장원이 탄생한다.

지역별 경쟁 역시 형평성을 두고 중국 내에서 논란이 거세다. 같은 신입생이라도 출신 지역이 어디냐에 따라 커트라인이 제각각이기 때문이다. 베이징 후커우(户口, 호적)를 가진 응시자 수는 상대적으로 적어 경쟁률이 현저히 낮기 때문에 기타 다른 지역의 학생들보다 훨씬 낮은 점수로도 베이징대나 칭화대에 입학할 수 있다. 다시 말해 총 750점 만점 중 베이징 후커우를 갖고 있는 학생은 600점만 맞아도 베이싱대에 갈 수도 있는 반면 허난성 출신의 학생은 700점을 받아도 불합격할 수 있다는 뜻이다. 결국 지방 학생들에게 기회의 평등을 주고자 시행하는 대학별 쿼터제는 이미 상당히 기울어진 출발선상에 학생들을 서게 하는 셈이다.

그러면 "입학 정원에 특혜를 주는 출신 고향 소재 대학에 지원"하거나 "응시자 수가 적어 입시경쟁에 유리한 지역으로 가서 시험을 보면 되지 않는가?"라고 반문할 수도 있을 것이다. 결론부터 이야기하자면 두 가지 경우 모두 쉽지 않다. 자기 고향에 소재한 대학은 분명 출신 우대가 있을 뿐만 아니라 대도시보다 합격 커트라인이 낮아 입학에 유리한 부분이 있다. 그러나 명문 대학은 대부분 베이징, 상하이 등 대도시에 몰려 있다. 우리가 서울대나 연고대를 갈망하는 것처럼 중국 사람들도 베이징, 칭화, 푸단대학 진학을 1순위로 여긴다. 특히 돈이 없고 배경이 없는 지방 출신의 학생일수록 명문 대학에 입학하기를 소원한다. 자신들의 계층을 이동시켜 줄 수 있는 유일한 사다리이자 마지막 신분 상승의 기회라고 생각하기 때문이다. 인생이 걸린 일생일대의 가장 중대한 사안 앞에 삼당사락(三當四落, 하루 3시간 자며 공부하면 대학에 합격하고 4시간을 자면 불합격한다)을 마다하지 않고 사활을 거는데 지방 대학이 눈에 찰 리 없다.

후커우 제도
그렇다면 베이징, 상하이 등 대도시로 후커우를 변경해서 시험을 보는 방법은 어떠할까? 한국의 수능은 고향과 상관없이 거주지에서 가까운 고사장에서 치르지만 중국은 그렇지 않다. 중국 까오카오 응시자는 현 거주지 혹은 현재 다니는 고등학교와 상관없이 자신의 후커우(호적)가 있는 지역으로 가서 시험에 응시해야 한다. 예를 들어 현재 허난성에 거주하며, 허난성에서 고등학교에 다니고 있지만 자신의 후커우가 베이징으로 되어 있다면 입시시험은 베이징으로 가서 치러야 하고, 베이징 출신 학생들과 경쟁해야 한다. 따라서 중국인에게 후커우는 매우 중요하다.

그럼 이 후커우를 옮기면 되는 것 아니냐고 생각할 수도 있을 것이다. 중국은 법률적으로 거주지 이전의 자유가 있지만, 후커우의 이동은 중국 정부의 허가를 받아야만 가능하다. 후커우 제도는 중국의 독특한 사회통제 제도 중 하나이다. 모든 중국 인민은 출생지에서 발급되는 후커우가 있다. 후커우는 개개인의 신분증 역할을 함과 동시에 한 지역에 합법적으로 거주할 수 있는 거주권을 의미한다. 우리나라로 치면 주민등록증과 비슷한 개념이다.

본래 후커우 제도의 목적은 농업인구가 도시로 자유롭게 이동하는 것을 통제하여 대도시의 인구를 제한하고, 정부의 사회경제적 비용 부담을 축소하기 위한 데 있다. 중국 인민은 태어남과 동시에 농업 후커우와 비농업 후커우로 나뉜다. 이 후커우로 인해 자신의 경제적 지위가 결정된다고 할 수 있다. 농민공으로 태어나면 평생 농민공 신분으로 살다 죽어야 하는 구조이다. 이로 인해 중국은 농촌과 도시가 이원적 구조로 분리되었다. 농업 후커우인에게는 사회, 문화, 경제적 차별로 인한 보이지 않는 장벽이 있어 농민공의 고립된 사회가 형성된다.

　조금 더 이해하기 쉽게 우리나라를 예로 들어보자. 우리의 경우 지방 출신인 사람이 만약 서울에서 살고 싶다면 언제든지 이주가 가능하다. 그리고 전입신고를 하면 서울 시민으로서 서울시에서 받는 모든 혜택을 누릴 수 있다. 전입신고 절차도 어렵지 않다. 그러나 중국은 정부의 허가를 받아야만, 즉 그 지역의 후커우를 받아야만 합법적인 지역 주민이 될 수 있다. 물론 농촌 후커우를 가진 사람이 대도시 후커우 없이 임의로 대도시에 가서 살 수는 있다. 그러나 유령처럼 살아야 한다. 대도시 사람들이 누리는 교육, 취업, 자녀 입학, 의료, 사회보험 등의 각종 혜택을 누릴 수 없기 때문이다. 이는 대도시에서 태어난 사람 또는 대도시 후커우를 지닌 사람만이 향유할 수 있는 혜택이다. 후커우의 위력이 생각보다 굉장하다.

　대도시 후커우를 가진 사람들 입장에서는 농민공의 대도시 진입을 반길 리 없다. 따라서 대입시험을 위해 유리한 도시로 학적을 옮겨 시험을 보려는 농민공의 '까오카오 전입'을 막기 위한 각 성의 진입장벽은 굉장히 높다. 대도시에서도 인구 규모를 엄격히 통제한다. 그렇다고 방법이 아예 없는 것은 아니다. 마일리지 정착 제도가 있어 조건이 충족되면 전입이 가능하다. 마일리지는 취업 및 합법적인 주거 안정, 사회보험 가입 연수, 연속 거주 연수 등을 주요 지표로 적립 가능하다.

상하이를 예로 들면, "부모가 유효한 상하이 거주증을 보유하고 있어야 하고, 부모와 학생 모두 3년 이상 상하이에 거주해야 하며, 동시에 학생은 반드시 상하이에서 일반 고등학교를 졸업해야 한다." 등등의 까다로운 서류들을 입증해야 한다.

이 때문에 대도시 후커우를 취득하고자 후커우를 거래하는 기이한 현상도 벌어진다. 그러나 만약 대학입시를 위한 불법 위장 전입이 적발되면 대학에 합격하더라도 가차 없이 퇴학처분이 내려진다. 가짜로 학적 서류를 꾸며 까오카오에 응시해 대학에 합격하였지만 취소당하는 경우가 실제로 일어난다.

공정한 승부를 위해 실시된 대학 쿼터제엔 확연히 지역적 차별과 기회의 불평등이 존재한다. 중국 정부에서도 신뢰와 공평성이 의심받는 것을 경계하는 눈치이다. 성(省)별 지원자 수에 비례한 입학 정원 모집을 검토하고 있으나 이마저도 쉽지 않다. 경제적으로 비교적 낙후된 지역은 우수한 인재가 적기 때문에 지역별 비례 정원이 또다시 역차별을 야기할 수 있어 실현되기 어려운 부분이 있기 때문이다.

06

한국 대학으로 가는
관문
- TOPIK

"너희들은 왜 중한반(中韩班)을 선택했니?"

한국어 첫 수업 시간, 자기소개를 마친 학생들에게 내가 던진 질문이었다. 한국어를 왜 배우려는지 이유가 명확해야 자기 동기부여가 되고, 목표를 달성할 확률도 높아지기 때문이다. 의외로 학생들의 대답은 간단명료했다. 그리고 모두 동일했다. "대학 가고 싶어서요."

나는 "한국 혹은 K-드라마, K-pop 등의 한국 문화가 좋아서"라는 답을 내심 기대했다가 조금은 속상한 마음이 들었다. 이들의 한국 유학 선택은 중국 내 입시경쟁에 밀린 어쩔 수 없는 선택에 불과했다. 그만큼 중국의 입시경쟁은 치열하다 못해 처절하다. 지역에 따라 한국 자체에 관심이 많아 한국 유학을 선택하는 학생들도 있지만, 상당수의 학생이 경쟁구도에서 벗어나기 위해 한국을 선택한다. 유학 비용도 경제적이기 때문이다.

쉬창고의 중한반은 90% 이상 한국어 수업으로 구성되어 있다. 한국 대학 진학을 목표로 하는 고3 학생들이기 때문에 수업 과목이 국내반과는 다르다. 하루 9교시 중 7~8교시가 모두 한국어 과목이다. 일주일에 단 1~2교시의 체육, 영어, 중국어(어문) 수업이 있다. 오전, 야간자습에도 한국어를 공부한다.

내가 담당하는 반이 바로 이 중한반이다. 나는 한국어 원어민 교사이다. 중국인 교사와 협업하여 중국 학생들의 한국어 교과를 담당한다. 고1, 2 학생의 경우는 아직 해외반을 선택하기 전의 학생들로, 흥미 위주의 한국어를 제2 외국어로 가르친다. 한국 유학을 결정한 고3 학생들을 모아 놓은 반은 입시 위주의 교육을 한다. 한국어 과목에는 듣기, 말하기, 쓰기, 읽기가 골고루 편성되어 있다. 1년을 집중적으로 공부한 뒤 이들은 한국 대학으로 유학을 간다.

외국인의 한국 대학 진학

외국인이 한국 대학에 진학하기 위해 필요한 자격은 바로 TOPIK(Test of Proficiency in Korea), 한국어능력시험이다. 이 시험은 우리나라 교육부 국립국제교육원에서 주관한다. 매년 20~30만 명의 재외 동포 및 외국인이 이 시험에 지원한다. 그중 지원자 수가 가장 많은 국가는 중국이다. COVID-19로 시험이 축소·취소되었던 2020년을 제외하면 최근 5년간 매년 7~8만 명의 중국인이 TOPIK 시험에 응시하였다. 이는 전체 인원의 35%를 차지한다.

TOPIK은 시험 수준에 따라 TOPIK I, TOPIK II로 구분된다. 획득한 종합점수를 기준으로 6개 등급이 부여된다. TOPIK I은 초급 수준에 해당하며 1~2급이다. TOPIK II는 중, 고급 수준으로 3~6급으로 나뉜다. 6급이 최고 등급이다. 시험 과목은 TOPIK I은 듣기와 읽기, TOPIK II는 듣기, 읽기, 쓰기로 구성되어 있다. TOPIK II의 쓰기 영역을 제외하고는 모두 사지선다형인 선택형 문항이다. 최근 5년 중국인의 TOPIK II 합격률은 약 50% 안팎으로 시험이 어려운 편은 아니다.

외국인이 한국 대학에 입학하는 일은 비교적 쉽다. TOPIK 3~5급만 있으면 대학 지원 자격이 주어진다. 한국의 SKY 대학도 입학이 가능하다. 더러 급수가 없어도 면접만으로도 합격이 가능한 학교도 있다. 그 외 고등학교 내신성적을 요구하기도 하지만, 중국은 내신성적이 없기 때문에 고등학교 졸업시험인 후이카오 성적으로 대신한다.

한국 대학 진학으로의 진입장벽이 낮다 보니 한국 내 외국인 유학생 수는 나날이 늘고 있다. 교육부와 한국교육개

발원 통계자료에 따르면, 2021년 기준 한국 대학에서 공부하고 있는 외국인 유학생 수는 152,281명에 달한다. 이 중 중국 국적의 학생들이 69,551명(홍콩, 대만 포함)으로 45% 이상을 차지한다. 매년 중국인이 TOPIK 시험 수요의 상당 부분을 차지하는 이유이다.

대한민국에 유학생이 많은 이유

우리나라에 외국인 유학생이 급증하는 이유는 무엇일까? 2015년 교육부는 2023년까지 외국인 유학생을 20만 명으로 늘리겠다는 정부 정책(유학생 유치 확대 방안)을 발표한 바 있다. 출산율 하락으로 인한 학령인구 감소를 대비하고, 대학의 국제 경쟁력을 높이겠다는 취지이다.

현재 국내 대학들은 신입생 미달, 재정 악화로 폐교 도미노가 현실화될 수 있다는 우려 속에 빠져 있다. 운영상의 어려움을 위해 텅텅 비는 교실을 외국인으로 채워 재정 확보를 해야만 하는 현실이다. 국내 대학의 외국인 유학생 유치에는 선발인원에 제한이 없다. 등록금 인상에도 자유롭다. 이로 인해 수도권, 지방 대학 할 것 없이 학생 유치에 열을 올린다.

주로 중국의 고등학교가 타깃이다. 지리적으로 가깝고, 치열한 중국 학생들 간의 대입 경쟁, 선진화된 한국의 교육 시스템, 이미 한국에 포진한 중국인 기반 등등은 중국인들이 한국 유학을 선택하기에 충분히 매력적이다. 이렇게 양측의 수요와 공급이 충족되다 보니 중국인 학생을 상대로 대규모 유치 전쟁이 펼쳐진다.

이곳 쉬창고등학교에서도 매년 유학생 유치를 위한 대학별 설명회가 열린다. 쉬창고는 허난성 중에서도 시골에 속하고 사람들에게 잘 알려지지 않은 도시인데도 한국 대학에서 어떻게 연이 닿았는지 신기할 정도로 국내 대학의 '중국 학생 모셔오기' 경쟁은 대단하다. COVID-19로 인해 최근 2년간은 온라인 입시 설명회를 개최했지만, 이전에는 이곳 쉬창고등학교까지 매년 찾아오는 국내 대학이 있었다고 한다. 꽌씨(关系, 관계)를 중요하게 여기는 중국인과의 유대 관계를 맺기 위함이다.

또한 백문이 불여일견, 국내 대학에서는 외국인 예비 유학생을 초청하여 한국 대학 탐방 등의 프로그램을 개최하기도 한다. 쉬창고에서도 매년 한국에 관심 있는 학생과 교사들을 선발하여 이 프로그램에 참가시켜 왔다. 이렇게 중국 고등학교에서도 적극적일 수밖에 없는 이유는 한국 대학 진학률이 곧 쉬창 지역 명문고 국제부의 명성에 중요한 지표가 되기 때문이다.

수요, 공급, 정책 삼박자가 딱 맞아떨어지면서 결국 한국 대학은 특정 국가 유학생에게 편중되는 결과를 초래하고 말았다. 단기적으로는 대학 재정에 도움이 될지 모르겠으나 대학 경쟁력 등의 질적인 측면에서는 글쎄. 학생 숫자 채우는 데만 집중하여 TOPIK 3급만으로도 입학할 수 있는 시스템이다 보니 실력 없는 학생들이 몰린다. 자칫 학위 장사로 전략하는 한국 유학이 될까 심히 염려스럽다. 실제 TOPIK 5~6급을 취득하고 Y대, K대에 재학 중인 쉬창고 졸업생들은 한국의 대학 강의를 따라가기 힘들다고 고충을 털어놓는다. 하물며 3~4급으로 대학에 합격한 학생들은 오죽할까. 국내 대학의 외국인 유학생 관련 대대적인 구조개혁이 필요한 시점이다.

도전의 발길, 멈추지마

'20여 년이 넘도록 사랑했는데, 내가 알던 중국 맞아?'

중국 로컬 학교에서 일어나는 낯선 경험들을 마주하며 책으로 써야겠다고 다짐했다. 그만큼 중국의 로컬 학교는 외부에 알려지지 않은 많은 이야기들을 품고 있었다. 사고 뭉치 바람 잘 날 없는 유별난 중한반 고3 학생들을 다그치며 써 내려간 책이 학생들의 대학 합격 소식을 들으며 마무리되었다. 내가 책을 쓰고 있는 사이, 학생들도 눈부시게 성장했다. 동시간대에 우리는 환희와 고통을 뜨겁게 마주하고 있었다.

글을 쓰는 과정은 '내 사랑'을 재차 확인하기에 충분한 시간이었다. 코로나19 이후 중국은 갖가지 이유로 뭇매를 맞고 있다. 한국에서는 비호감으로 번진 반중(反中) 감정이 마침내 폭발하여 절정에 치달았다. 하늘길도 막힌 지 오래. 오해를 풀 기회조차 없어 한중관계가 요즘같이 슬펐던 적이 있었나 싶다. 책을 써야 할 목적이 분명했다. 시어머니와 며

느리 사이 고부갈등 극복을 위한 남편의 역할 같은, 뭐 그런 거랄까. 내 정체성 대한민국과 내 사랑 중국 사이에서 내가 할 수 있는 일, 미약하게나마 생각을 이어주는 역할을 하고 싶었다. 중국에서는 한국을, 한국에서는 중국을 널리 알려 마침내 우호적인 관계로 전환되며 다시 많은 이들이 중국을 찾는 모습을 보고 싶은 오지라퍼 역할 말이다.

'도대체 중국이 뭐가 좋아?', '언제까지 떠돌이 생활할 거야?' 우려 섞인 시선과 핀잔에 나는 주저 없이 대답한다. 나는 누군가를 사랑할 때 조건과 이유를 따지지 않는 사람이기에 내가 중국을 좋아하고 사랑하는 데에도 이유가 없다고.

물론 때로는 중국에서의 불편한 생활, 극한 환경, 낯선 땅에서 느껴야 하는 지독한 외로움, 사회주의 체제에 적응하지 못하는 외국인 노동자의 삶에 지칠 때도 있다. 나라고 불편함을 모르겠나. 그러나 사랑에는 기쁨, 행복만 있는 것은 아니니까. 분노와 슬픔도 있는 것이 사랑이니까. 이 모든 것을 감내할 수 있는 것이 진짜 사랑이니까. 내가 좋으면 그만이다. 죽는 순간까지도 이렇게 짝사랑만 하다 갈 것 같다는 예감.

사랑할 대상이 있는 삶은 행복하다. 누가 뭐래도 계속해서 나는 용기 있게 내 사랑을 지키는 삶을 살고 싶다. 우리는 여러 가지 이유로 삶에 스스로 한계를 그어놓고 살 때가 많다. 좋아하는 일이 있지만 무한정 미루고 이번 생은 틀렸다며 애써 외면한다. 그런 이들에게 도전의 용기와 희망을 전해주고 싶다.

누군가는 나에게 남들은 결혼, 자녀, 내 집 장만, 회사에서 한자리 차지하고도 남을 나이에 여전히 중국을 떠도는 건 무책임한 도전이 아니냐고 할지도 모르겠다. 그러나 한 번 사는 인생, 안 해서 후회할 일이라면 충분히 도전할 가치가 있다고 여긴다. 대세에 따르지 않고, 심장이 이끄는 대로 내 갈 길을 가보는. 그 운명의 서막이 이제 여러분의 인생에서도 시작되기를. God bless you!

감사의 말

내 글이 세상에 빛을 볼 수 있도록 좋은 기회를 준 씽크스마트 대표님을 비롯한 관계자분들께 감사의 마음을 전하고 싶다. 거칠고 미숙한 원석을 반짝반짝 빛이 나는 보석으로 함께 만들어가는 과정이 행복했다. 씽크스마트를 만난 것 또한 나의 운명이다. 운명이 또 다른 운명을 만들어 냈으니 그것만으로도 족하다.

나의 걸음걸음에 무한 신뢰, 응원과 격려를 보내주는 많은 지인이 있다. 남다른 인생살이에 두려움이 앞설 때마다 '너다운' 인생을 살라며 늘 작아지는 나를 세우시는 김경아 교수님께 깊이 감사드린다. "영신아, 너는 내 자부심이야, 잊지 마."라는 교수님의 말 한마디는 내 인생을 再디자인할 수 있는 가장 큰 원동력이 되었다. 그밖에 생(生)과 사(死)의 어느 경계선쯤에서 위태위태한 길을 걷고 있을 때 생(生)의 길로 들어설 수 있게 해 주신 발해 유학원 김훈희 대표님, 내가 무엇을 하든 늘 신비롭게 봐주며 엄지척해주는 오랜 인연 현상이, 어리바리한 중국 생활에 도움을 요청할 때면 늘 Yes로 화답하는 마음 따듯한 자한이, 우연한 만남이 운명으로 바뀔 수 있는 기회를 만들어준 서재희 선생님, 홀로 외국인인 내가 외롭지 않을까 기꺼이 자신의 가족 테두리 안에 끼어놓고 마는 사람 끄는 마력을 가진 쉬휘휘(許慧慧) 선생님, 쉬창고등학교 이징펑(李景峰) 주임 선생님을 비롯한 중국 선생님들, 엄마처럼 아빠처럼 살뜰히 챙겨주신 중한반 학부모님들, 모두 깊이 감사하다. 나보다 더 확신에 가득 찬 그대들의 응원으로 여기까지 올 수 있었다.

그리고 이 책의 주인공, 선물 같은 추억을 남겨준 쉬창고등학교 학생들에게 고마움을 전하고 싶다. 그대들 청춘의 한 자락을 함께 아름답게 보낼 수 있었던 우리의 '시절 인연'에 그저 고마울 뿐이다. 더불어 이뤄질 수 없다는 그 어려운 '첫사랑'의 시작을 '내 운명'으로 지켜낼 수 있도록 해준 엄마의 희생과 기도에도 감사한다. 마지막으로 이 모든 것을 허락하신 창조주 하나님께 감사드린다.

중국에서 온 편지

첫 수업 시간, "최선을 다해 너희 모두가 서울에 있는 대학에 입학할 수 있도록 돕겠다."던 선생님의 말씀이 또렷이 기억나요. 정말로 선생님은 대부분의 시간, 열정, 마음을 저희에게 쏟으셨어요. 밤낮없이 작문을 수정해 주셨고, 한 사람도 포기하지 않고 끈기 있게 성적 향상을 도우셨고, 진심으로 저희가 서울의 좋은 대학에 합격하기를 기원하셨어요. 더불어 저희가 한 단계 더 성장하기를 원하시며 강인함과 용기로 슬럼프에 맞서 견딜 수 있는 방법과 확신을 심어주셨어요. 선생님의 가르침은 커피와 같아 마실 때는 씁쓸하지만 천천히 오래도록 여운과 향기가 남는 것 같아요.

선생님과 같이 좋은 스승을 만날 수 있어서 감사해요. 모든 일에 성실함을 몸소 보여주신 선생님의 모습을 너무 존경합니다. 선생님은 짧지만 강렬하게 빛나는 별똥별처럼 저희들 인생에 가장 아름다운 축복과 강한 희망을 가져다주셨어요. 중국 속담에, "하루 스승은 영원한 스승."이라는 말이 있어요. 선생님의 은혜는 평생 잊지 않을 거예요.

류욱요(刘昱瑶, 쉬창고등학교 중한반)

선생님과 함께한 시간이 유수처럼 흘러갔지만, 아름다운 추억들을 만들 수 있어서 다행이에요. 늘 귀찮은 내색 없이 끈기 있게 저희의 한국어 발음이 될 때까지 지도해 주셔서 감사해요. 돌아보니 재미있었던 가을 소풍이 기억에 많이 남아요. 학업과 생활지도뿐 아니라 '사람다움'이 무엇인지를 가르쳐 주셔서 감사합니다. 모든 일에 성실과 책임감으로, 어려움을 두려워하지 않고 용감하게 도전하는 선생님은 제 인생에 가장 큰 영향을 주신 분이세요.

"푸른 산길 함께 걸으며 비바람을 같이 이겨냈는데, 밝은 달 비치는 곳이 어찌 서로 다른 곳이겠는가. (青山一道同风雨, 明月何曾是两乡, 청산일도동풍우 명월하증시양향)" 비록 지금은 선생님과 같은 곳에 있지 않지만, 저는 믿어요. 제가 별을 바라볼 때면 선생님께서도 저와 함께 고개를 들어 더 먼 우주와 미래의 멋진 삶을 바라봐 주실 거라는 것을요. 빠른 시일 내에 우리 한국에서 만나요!

왕성문(王星文, 쉬창고등학교 중한반)

학문적 지식뿐 아니라 인간으로서 갖춰야 할 도리와 생활 습관을 더욱 강조하셨던 선생님, 저를 더욱 성숙하고 진중한 사람으로 만들어 주셔서 감사합니다. 선생님은 수업 시간에는 엄하셨지만, 그 외 시간에는 정말 친구처럼 친근하게 대해 주셨어요. 선생님과의 시간이 이렇게 빨리 지나갈 줄 몰랐네요. 마치 어제도 교실에서 선생님의 수업을 들

은 것 같이 느껴져 그립습니다. 선생님과 함께했던 1분 1초
가 모두 추억이 됩니다.

이가낙(李佳诺, 쉬창고등학교 중한반)

처음 배웠던 한국어 발음, 매일매일 교정하는 일기장, 수
업 시간마다 외워야 했던 본문, 듣기, 공모전 출전, 조별 발
표, 작문 등등. 시간이 지날수록 수업의 형식이 다양하게 변
화하고 있었어요. 그러나 단 하나 변하지 않은 것은, 저희가
좋은 성적을 거둬 좋은 대학에 갈 수 있도록 돕고 싶다는 선
생님의 굳은 결심이었어요. 꼼꼼하면서도, 성적을 올릴 수
있는 효율적인 비법을 강구해 주셔서 저희가 짧은 시간에
좋은 성적을 받을 수 있게 되었어요. 정말 감사드려요.

공부 이외에도 새로운 깨달음을 얻게 해 주신 선생님, 저
는 지금까지도 스마트폰 사건으로 인한 저의 부끄러움을
기억하고 있어요. 선생님께서 일러주신 '성실과 정직'을 늘
기억하며 반성하곤 해요. 앞으로는 잘못을 인정하는, 용기
있고 정직한 사람이 되도록 노력할 거예요.

저의 모든 학교생활 문제에 해답을 주셨던 선생님, 제가
친구 등의 인간관계로 힘들어할 때, 의기소침해 있을 때, 무
한 격려로 더 큰 가능성을 꿈꿀 수 있도록 힘을 실어 주셔서
감사드려요. 선생님은 제 인생의 롤 모델이세요.

가끔 제 다이어리를 뒤적여보곤 하는데, 한 페이지에 선
생님이 좋은 이유가 적혀 있었어요. 제일 먼저 눈에 들어온

문구는 '하고자 하는 일에 대한 끈기와 책임감'이었어요. 주어진 임무를 완벽하게 해내는 선생님의 모습, 닮고 싶어요. 선생님을 만난 건 정말 제 인생의 행운이라고 생각해요. 사랑해요~ 쌤. 감사합니다. ^~^

이가락(李佳乐, 쉬창고등학교 중한반)

선생님과 함께한 1년 동안, 저는 매일매일 꽉 찬 보람을 느꼈어요. 언젠가 선생님께서 저에게 이런 말씀을 하셨어요. 살면서 공부는 잘하지 못해도 되지만, 반드시 사람이 되는 것을 배워야 한다고요. 그러기 위해서는 정직하고 성실해야 한다는 것을요. 선생님의 말씀이 늘 항상 제 마음 깊은 곳에 도장처럼 박혀 있어요. 앞으로 인생을 살면서 막막하고, 방황 속에 헤맬 때마다 선생님의 말씀을 떠올릴 거예요. 삶의 지향점처럼 저에게 올바른 방향을 제시해 줄 것 같거든요. 제가 바르고 또 바르게 성장할 수 있게 해 주셔서 감사합니다. 선생님이 나의 선생님이라는 게 자랑스럽습니다.

이한민(李涵民, 쉬창고등학교 중한반)

불교에서 이르길, 모든 만남에는 의미가 있다고 해요. 비록 선생님과 함께 걸었던 길이 긴 인생의 한 구간이었을지라도 그 여정은 온통 별빛 가득한 길이었습니다. 제 인생을 따뜻하게 해 주신 선생님과의 만남에 감사합니다. 제 생에 가장 소중한 추억들이에요. 지나간 일들이 마치 어제 한 장면처럼 떠올라요. '아야어여'를 처음 배우던 날부터 TOPIK 시험에 이르기까지. 모든 과정 과정에 묵묵히 수고로움을 마다하지 않으신 선생님. 선생님께서 가르쳐 주신 인간으로서의 기본, '성실과 정직'을 항상 마음에 새길게요. 이렇게 좋은 선생님을 만날 수 있어 너무 영광입니다. 존경스럽고 귀여운 선생님, 사랑해요!!

장가풍(张嘉枫, 쉬창고등학교 중한반)

작은 씨앗에서 비롯되었던 우연한 만남이 우리를 한 인연의 가지로 만들어 주었으니 우리는 분명 '인연'입니다. 선생님과 함께한 시간 속에서 저는 책에서 알려주지 않는 많은 지식과 인생의 도리를 배웠습니다. 우리가 함께 지낸 지난 1년은 짧지만 강한 기억으로 남아있습니다. 저에게 항상 황금처럼 반짝반짝 빛나는 시간으로 기억될 것입니다. 끝까지 인내함으로 저를 가르쳐 주시고 보살펴 주셔서 진심으로 감사드립니다.

정박한(郑博涵, 쉬창고등학교 중한반)

선생님 수업 너무 재미있었어요. 특히 게임을 통한 한국어, 교외 활동에서 한국 문화를 배웠던 점이 가장 기억에 남아요. 한국어를 배우는 과정이 전혀 지루하지 않았어요. 비록 매주 시험을 치르고, 매일 일기를 쓰고, 발음, 쓰기 오류를 수정하고, 반복하는 등 선생님의 요구는 엄격하셨지만,

덕분에 저희는 시험에서 좋은 성적을 얻을 수 있었어요. 무엇보다 먼저 사람이 되어야 한다며 좋은 습관을 끊임없이 강조해 주신, 우리를 위한 선생님의 헌신에 감사드립니다

조자앙(赵子昂, 쉬창고등학교 중한반)

쉬창고등학교 2021 중한반

스토리　자신만의 가치, 행복, 여행, 일과 삶 등 소소한 일상에서 열정적인 당신.
인　하루하루의 글쓰기, 마음에 저장해둔 당신의 스토리와 함께합니다.
시리즈　당신만의 이야기를 마음껏 펼칠 수 있도록 돕는 프로젝트, '스토리인 시리즈'

나는 중국 고등학교 교사다

한국인 선생님의 찐 중국 로컬 학교 이야기

초판 1쇄 발행 2022년 11월 15일

지은이. 이영신
펴낸이. 김태영

씽크스마트
서울특별시 마포구 토정로 222
한국출판콘텐츠센터 401호
전화. 02-323-5609

블로그. blog.naver.com/ts0651
페이스북. @official.thinksmart
인스타그램. @thinksmart.official
이메일. thinksmart@kakao.com

ISBN 978-89-6529-327-9 (03810)
© 2022 이영신

•씽크스마트 - 더 큰 생각으로 통하는 길
'더 큰 생각으로 통하는 길' 위에서 삶의 지혜를 모아 '인문교양, 자기계발, 자녀교육, 어린이 교양·학습, 정치사회, 취미생활' 등 다양한 분야의 도서를 출간합니다. 바람직한 교육관을 세우고 나나움의 힘을 기르며, 세상에서 소외된 부분을 바라봅니다. 첫 원고부터 책의 완성까지 늘 시대를 읽는 기획으로 책을 만들어, 넓고 깊은 생각으로 세상을 살아갈 수 있는 힘을 드리고자 합니다.

•도서출판 사이다 - 사람과 사람을 이어주는 다리
사이다는 '사람과 사람을 이어주는 다리'의 줄임말로, 서로가 서로의 삶을 채워주고, 세워주는 세상을 만드는데 기여하고자 하는 씽크스마트의 임프린트입니다.